CHRISTINE CHAUMARTIN

LE POULPE

DES TRIPES À LA MORGUE DE CAEN

Merci à Anne, Solal et Pascal pour leur soutien et leur relecture impitoyable et si généreuse, merci à Lulu pour sa connaissance des bars caennais et de leurs spécialités et merci à Jean-Jacques qui s'est chargé de ciseler et polir la présentation de cet ouvrage.

Ci-dessus : *Représentation d'un animal hideux qui a mangé beaucoup de monde dans un village nommé Singlais, situé à trois lieues de Caen*, gravure sur bois, 1632. BNF, Réserve QB 201 28, in-f°, p. 15.
Pour mémoire, ce texte a été écrit en 2016, après les révélations sur des trafics de viande dans l'agroalimentaire.

De la même auteure :
La Fille de l'Ours, BoD, 2018.
Château La Fugue, Éditions des Falaises, 2020.
Hareng au sang, Éditions des Falaises, 2020.
Dans la gueule du Loup, BoD, 2021.

Troisième édition, l'officielle, sans pseudo, relue et corrigée :
merci mille fois, Hélène !

© 2022 Chaumartin, Christine
Édition : BoD – Books on Demand, 12/14 rond-point des Champs-Élysées, 75008 Paris
Impression : BoD - Books on Demand, Norderstedt, Allemagne
ISBN : 9782322411849
Dépôt légal : Janvier 2022.

AMIS LECTEURS,

Si vous connaissez Gabriel Lecouvreur, point n'est besoin de perdre votre temps en cet avant-propos. Si en revanche c'est autour de ce plat de tripes que vous le rencontrez pour la première fois, la lecture des lignes suivantes pourrait ne pas être inutile.

En 1995, le personnage de Gabriel apparaît sous la plume de Jean-Bernard Pouy[1], qui le présente ainsi :

« *Le Poulpe est un personnage libre, curieux, contemporain [...]. C'est quelqu'un qui va fouiller, à son compte, dans les désordres et les failles apparents du quotidien. [...] Ce n'est ni un vengeur, ni le représentant d'une loi ou d'une morale, c'est un enquêteur un peu plus libertaire que d'habitude, c'est surtout un témoin.* »

Puis, Jean-Bernard Pouy émancipe son personnage, laissant chacun s'en emparer, à condition toutefois de respecter ce qui constitue la *Bible du Poulpe*.

Sachez ainsi que Gabriel de bière uniquement s'abreuve, jamais sans un livre ne part en expédition, retape un vieil avion Polikarpov et, avant de les rendre, encaisse traditionnellement moult torgnoles, car c'est bien connu, le Poulpe « pour l'attendrir, il faut taper dessus » !

Laissez-moi enfin vous présenter Cheryl, coiffeuse, dont la couleur favorite est le rose, compagne du Poulpe dans une relation très libre, Gérard, patron du bar-restaurant *Le Pied de Porc à la Sainte-Scolasse*, Maria, sa femme d'origine espagnole, Léon, leur

---

1 Jean-Bernard Pouy, *La petite écuyère a cafté*, Baleine, 1995, 158 p.

chien, et Pedro, anarchiste catalan, ancien imprimeur qui fournit à Gabriel faux papiers et armes.

Et surtout n'oubliez pas, amis lecteurs qui ce livre lisez, qu'il n'est que joyeuse plaisanterie, car *mieux est de ris que de larmes escripre, pour ce que rire est le propre de l'homme.*

C. C.

CHAPITRE 1

Daniel est content. C'est une bonne soirée, et même si le froid de ce dernier jour de novembre est piquant à Caen, ce qu'il transporte dans son cabas va le réchauffer. Il a fait la fermeture de La P'tite Ferme, un restaurant de spécialités normandes de la rue aux Namps. Le cuistot est un chic type qui connaît son affaire : le bourgeois a intérêt à réserver sa table s'il veut avoir une chance de goûter les fameuses tripes fournies par le lauréat mondial de la Tripière d'Or 2009, ou les rognons et ris de veau au vin rouge. Pour Daniel, pas besoin de réservation, il a comme qui dirait un abonnement. Tous les samedis soir vers vingt-trois heures, il se pointe à l'entrée de service et la femme du chef lui donne son panier garni. Le menu change chaque semaine en fonction de la carte et des invendus, mais jamais de mauvaise surprise. Ce soir, ce sera quiche aux petits légumes, porc mijoté aux lentilles et pois cassés, et même de la mousse au chocolat ! Toujours ça de pris quand on vit au jour le jour, et en plus il a réussi à taxer deux clopes à des jeunes qui se pelaient en fumant devant un troquet. Daniel sent qu'il est dans une bonne passe et il ne voit pas l'hiver arriver avec autant d'angoisse que les autres années, il s'est dégotté un palace pour au moins six mois à condition de la jouer fine et de ne pas se faire remarquer, mais la discrétion, ça le connaît.

Il descend la rue Froide et tourne à droite pour remonter la rue Saint-Pierre. Les boutiques ont fermé et leurs gérants dorment sur des matelas de tickets de cartes bleues après le premier rush des courses de Noël. Les illuminations ne brillent plus que pour les clients des bistrots, des étudiants pour la plupart, qui s'en jettent un dernier, avant d'aller poursuivre la fête ailleurs. Daniel presse le pas, il a faim et il est suffisamment tard pour qu'il puisse rentrer « chez lui » sans être repéré. De la rue Guillaume-le-Conquérant, il tourne sur la place Monseigneur-des-Hameaux et le voilà sous la protection des deux tours de l'Abbaye aux Hommes. Son squat est juste là, rue le Bailly, face à l'impasse Duc-Rollon et son palais ducal, c'est une maison de trois étages, rachetée par la municipalité pour en faire une annexe de l'hôtel de ville. Les travaux ont commencé au rez-de-chaussée, les ouvriers ont juste eu le temps d'abattre des cloisons avant d'être remerciés par leur boîte qui a déposé le bilan, après que l'inspection du travail a fait une descente sur un chantier pour constater que les trois quarts des types qui y bossaient n'avaient ni papiers, ni contrat de travail. Pas de prime de licenciement donc, mais un billet pour une reconduite à la frontière, on ne peut pas tout avoir ! D'ici que la mairie, qui n'est plus si pressée que ça, relance un appel d'offres et choisisse un nouvel entrepreneur, le printemps sera là… Daniel goûte pleinement toute l'ironie de la situation : il crèche à cent mètres de la police municipale, entouré d'un « Monseigneur », d'un « Bailly », du premier Duc de Normandie, dans l'ombre protectrice d'un palais ducal et de l'abbaye où repose Guillaume le Conquérant, un Normand devenu roi d'Angleterre, excusez du peu ! Rien que du beau linge ! Ça le fait marrer chaque fois qu'il y pense, et il y pense tous les soirs en écartant la planche d'agglo qui ferme bien mal l'accès de son palace. Toutes ces têtes couronnées ont depuis bien longtemps fini de refroidir sous leur dalle, et lui, il va se payer un gueuleton à leur santé.

Tu n'es que poussière… alors autant en profiter avant d'y retourner. Parfois Daniel se dit qu'il est un épicurien, et ça lui rappelle sa prof de philo, ça commence à faire un bail maintenant, qui lui disait : « Tu vas trop loin Daniel, tu penses bien, mais tu vas trop loin ! » En attendant, il va aller pisser un coup, histoire d'avoir l'esprit et la vessie libres pour profiter de son porc aux lentilles. Son lieu de prédilection, c'est bien à l'abri du vent, entre la petite tourelle collée contre le mur de la chapelle et la façade du palais ducal. Il s'y rend pour ainsi dire les yeux fermés, d'autant plus vite que l'affaire devient urgente. Il sent le sphincter vésical qui se relâche et la vessie qui s'allège au fur et à mesure que le jet jaillit, fumant. Encore un bonheur simple de l'existence qu'il sait apprécier à sa juste valeur, en bon disciple d'Épicure. Il se retourne pour faire face aux six marches qui conduisent à une porte blanche du palais, et là, merde ! Un autre type est avachi en haut de l'escalier, sans doute bourré. Lui qui comptait rentrer ni vu ni connu dans son quatre-étoiles… ça mérite vérification. Daniel est plutôt du genre solitaire, pas question de partager sa suite avec une cloche alcoolique. Reste à espérer que le gus est trop raide pour remarquer son manège. Il s'approche et peut être rassuré, pour être raide, il l'est ! Le pauvre gars ne risque pas de raconter quoi que ce soit, ses tripes s'échappent de son ventre ouvert, en un long chapelet brillant qu'il semble tenter de rassembler dans ses bras en corbeille. Et merde ! Daniel a lâché son sac et le porc aux lentilles se répand dans la mare du sang qui a cataracté du haut des marches.

CHAPITRE 2

Lorsque, le lundi matin, Gabriel poussa la porte du Pied de Porc à la Sainte-Scolasse, il était un peu plus de neuf heures. Il s'était accordé le luxe de traîner un peu entre les draps de satin rose de Cheryl, après qu'elle-même pomponnée, poudrée, les lèvres brillantes d'un gloss fuchsia et son adorable fessier gainé dans un fuseau assorti au gloss, fut partie, dans un nuage de laque et de parfum, mettre en plis les grands-mères, papilloter les mèches, sculpter le gel, déstructurer, dégrader, effiler, dépointer, balayer, bref laisser s'exprimer tout son art de capillicultrice chevronnée et inspirée.

Entraîné par le mouvement de balancier de ses bras démesurés, il arpente l'avenue Ledru-Rollin, en direction de chez Gérard, son deuxième port d'attache et il se sent tout ragaillardi par ce week-end avec Cheryl, où ils ont batifolé comme deux ados. Requinqué qu'il est le Poulpe, après son nervousse brêquedone et sa croisière de désintox sur l'Escaut, à bord de *La République*, la péniche de Claire et Bernard. Finis les doutes sur sa vie et sa chérie, finie l'hérésie du whisky. Et ça le titille de revenir aux fondamentaux : tataner les fachos, savater les intégristes, emplâtrer les racistes, distribuer de la baffe aux commandos anti-IVG, des rafales de coups de boule aux affairistes de tout poil, des volées de bois vert aux flics ripoux, simplement, faire œuvre de salubrité publique dans une société où les égouts de la non-pensée ont un peu trop tendance à déborder et à se déverser dans la rue.

Lorsque donc il poussa la porte du Pied de Porc à la Sainte-Scolasse, il fut accueilli par un Gérard surexcité qui posa devant lui le sacro-saint double expresso et les trois tartines rituelles, à croire qu'il le guettait derrière la vitrine, où il venait d'inscrire au blanc d'Espagne le plat du jour (langue de bœuf sauce à la diable) à côté du pied de porc éponyme.

— Te voilà ! Ça fait plus d'une heure que je t'attends ! C'est pourtant pas ton genre de faire du lard sous l'édredon ! Tu ne nous couverais pas une grippe quand même ?

— Le Poulpe n'a pas d'horaires, Monsieur, pas de genre non plus, ajouta-t-il avec un brin de mauvaise foi. Il est protéiforme et libre comme la mer ! Et j'espère que le café ne m'attend pas non plus depuis une heure, je l'aime chaud.

— Tu me prends pour qui ? Pourquoi pas réchauffer les pieds de porc au micro-ondes tant que tu y es ?

Les quelques habitués accoudés au zinc adoptèrent aussitôt un profil bas, l'un chercha même fébrilement de la mitraille dans sa poche pour payer au plus vite son kawa, histoire d'effectuer un repli stratégique, digne et rapide au cas où les choses dégénéreraient. Les échanges verbaux musclés entre ces deux-là faisaient partie du folklore, mais si l'on en venait à mettre en cause l'intégrité du pied de porc, les réactions de Gérard pouvaient grimper l'échelle de Richter en moins de temps qu'il n'en faut pour dire Sainte-Scolasse. Comme, au fond, Gabriel était de bonne humeur, il désamorça ce qui menaçait d'ébranler l'ordre mondial du 149 avenue Ledru-Rollin.

— Et que me valent cette impatience et ce soudain souci de ma santé ?

— Tu n'as pas regardé les infos dimanche ?

— Eh bien, non, répondit Gabriel en trempant lascivement sa première tartine dans le café, le programme était plus intéressant dans le lit de Cheryl que sur TF1.

— J'aurais dû m'en douter rien qu'à voir ta tête de ravi de la crèche, soupira Gérard. Fais gaffe de pas te ramollir, mon vieux.

— Pas de danger, je te rassure, fit le Poulpe dans un sourire benoît, tout va bien de ce côté-là.

Maria, qui venait d'entrer avec une pile d'assiettes, pouffa en entendant le dernier échange et vint plaquer deux bises sonores sur les joues de Gabriel, pendant que Gérard levait les yeux au ciel en faisant claquer son chiffon sur le zinc.

— Tu as raison, mon grand, il faut en profiter tant que ça dure, si! rigola Maria un tantinet envieuse.

Léon, le vieux berger allemand, qui avait suivi attentivement toute la conversation, manifesta son approbation en remuant péniblement sa queue arthritique et en venant baver sur la main, dont il espérait toujours le sucre interdit. Gabriel repoussa le vieux clebs et réattaqua :

— Alors ? Qu'est-ce que j'ai raté aux infos ?

— Une abomination !

— Une nouvelle grève des brasseurs ?

— Gabriel, pour une fois, je te le demande solennellement, sois sérieux, l'heure est grave.

Gérard avait la solennité facile, particulièrement lorsqu'il trônait derrière le comptoir, mais là, force était de constater qu'il semblait tout chamboulé.

— Vas-y, je t'écoute.

— Samedi soir, à Caen, on a assassiné Jean-Pierre Leveau, le Grand Maître de la Tripière d'Or !

— Le Grand Maître de la Tripière d'Or ? ne put s'empêcher de s'esclaffer Gabriel. C'est une blague ?

— Est-ce que j'ai l'air de blaguer ? Sache, espèce de philistin, que la Tripière d'Or est une confrérie de Gastronomie normande. Ses membres sont de véritables chevaliers du savoir-faire et du bon goût, des humanistes disciples de Rabelais, des Croisés de la tradition culinaire qui portent haut l'étendard de la Tripe à la mode de Caen ! s'enflamma Gérard. La Tripe à la mode de Caen, c'est le maître étalon, la quintessence, le Saint Graal ! C'est à la tripe commune ce que Sainte-Scolasse est au pied de porc !

— Alors là ! je m'incline ! mais je me demande quand même d'où te vient ce lyrisme mystique, le Grand Maître est mort, mais la Tripe Éternelle lui survit, non ? Il n'y a pas péril en la tripière.

— Sans doute, les autres membres sont là pour reprendre le flambeau et ne pas laisser la tripe sombrer dans l'océan saumâtre de la malbouffe, mais figure-toi que j'avais rencontré Jean-Pierre Leveau à Rouen en octobre dernier, à la Fête du Ventre.

— La Fête du Ventre ? Non, mais je nage en plein délire là ! C'est quoi ça encore ? soupira Gabriel.

— Un salon de la gastronomie normande, ignare ! Produits du terroir et affriolement des papilles ! Bref, j'y avais fait un saut par conscience professionnelle et la Tripière d'Or tenait un stand. C'est là que j'ai fait la connaissance de Leveau. Forcément, on a échangé sur nos pratiques.

— Forcément… autour d'un verre de calva…

Gérard préféra ignorer l'interruption malveillante et poursuivit :

— Parce que l'ingrédient essentiel de la tripe à la mode de Caen, ce n'est pas la tripe ! c'est le pied de bœuf ! c'est lui qui en cuisant va produire la gélatine qui donne sa tenue à la tripe, sans lui, la tripe, c'est de la soupe… alors du pied de bœuf au pied de porc, il n'y a qu'un pas… forcément…

— Forcément… vous l'avez sauté… à pieds joints !

— Exactement ! Nous avons sympathisé et il m'avait promis de venir goûter mon pied de porc. Et puis…

Gérard hésita et il sembla même à Gabriel qu'il rougissait un peu.

— Et puis quoi ? Termine ou je vais me faire des idées…

— Et puis, je devais aller à Caen au printemps pour qu'il m'intronise « Grand Gousier » dans leur confrérie, voilà !… J'ai même déjà commandé mon costume.

— Ton costume ? ? ?

— Ben oui, quoi ? comme dans toute confrérie qui se respecte ! Une robe rouge et bleue avec un chapeau rouge à galon doré.

Gabriel partit d'un éclat de rire qui fit sursauter le pauvre Léon, qui s'était endormi sous la table.

— Oh ! mais si Môssieur le prend sur ce ton, j'arrête mon histoire... fit Gérard d'autant plus vexé que l'hilarité poulpesque s'était communiquée aux clients qui n'avaient pas perdu une miette de la discussion.

— Excuse-moi, hoqueta Gabriel qui réussit à retrouver son sérieux au prix d'un effort de concentration digne d'un vieux moine tibétain. J'imaginais juste... mais continue, je t'écoute...

— Non, j'ai bien compris, laisse tomber ! J'avais juste imaginé moi, que par égard pour notre vieille amitié, tu aurais pu aller traîner ta carcasse du côté de Caen et fouiner un peu... mais je vois bien que je me suis bercé d'illusions... à propos de l'amitié !

— C'est bon, c'est bon... comment il est mort d'abord ton tripier ?

— Éventré. On l'a retrouvé les tripes à l'air !

— Ah ? Alors si tu me parles d'esthétique, de faire coïncider fond et forme... Il faut voir...

CHAPITRE 3

« *Toute leur vie était régie non par des lois, des statuts ou des règles, mais selon leur volonté et leur libre arbitre. Ils sortaient du lit quand bon leur semblait, buvaient, mangeaient, travaillaient, dormaient quand le désir leur en venait. Nul ne les éveillait, nul ne les obligeait à boire ni à manger, ni à faire quoi que ce soit. Ainsi en avait décidé Gargantua. Et leur règle tenait en cette clause : FAIS CE QUE VOUDRAS. Parce que les gens libres, bien nés, bien éduqués, vivant en bonne société, ont naturellement un instinct, un aiguillon qu'ils appellent honneur et qui les pousse toujours à agir vertueusement et les éloigne du vice.* »

En attendant que le train démarre, Gabriel relut le début du cinquante-septième chapitre de *Gargantua* en savourant chaque mot, il se sentait décidément une âme de Thélémite. Rabelais était un grand homme, humaniste pourfendeur de l'obscurantisme d'une Église qui réchauffait sa foi aux flammes des bûchers, et des abus de tous les

Picrocholes en puissance. Et tout cela dans un gros éclat de rire, car « Mieulx est de ris que de larmes escripre, Pour ce que rire est le propre de l'homme. » Gabriel se félicitait donc d'avoir glissé ses œuvres complètes dans son sac avant de sauter dans le Saint-Lazare-Caen, en regrettant que Rabelais ait été doucement mais sûrement poussé vers la sortie des programmes scolaires de l'enseignement secondaire. Trop difficile d'accès dans la jubilation de sa langue toute neuve, le vieil humaniste, ou politiquement incorrect et trop subversif encore cinq cents ans après ? Il aurait dû en toucher deux mots hier soir à Pedro, quand il lui avait rendu sa traditionnelle visite d'avant expédition, dans son atelier d'Alfortville. L'indéfectible anar qu'il restait contre vents et marées, imprimeur de surcroît, aurait sans doute eu pas mal de choses intéressantes à dire sur la philosophie rabelaisienne. Gabriel se promit de le brancher sur la question à son retour, devant une bière d'abbaye, même si ce n'était pas de Thélème. En attendant, le Beretta et les quatre chargeurs que lui avait remis Pedro, soigneusement empaquetés, lestaient le double fond de son sac de voyage. Le reste de ses affaires l'attendrait chez Cheryl, comme à chacune de ses escapades justicières. Il avait passé la nuit chez elle, après avoir rendu les clés de sa chambre d'hôtel. Il ne savait jamais comment Cheryl allait accueillir l'annonce de ses éclipses, sa blonde préférée étant du genre imprévisible. Elle était plutôt heureuse de le voir prendre le large quand elle était occupée par quelque beau gosse de passage, mais était tout aussi capable de déclencher le feu nucléaire si elle trouvait que Gabriel la négligeait. Le baromètre de leur libre couple était au beau fixe, et il avait craint un moment que la belle ne soit pas disposée à le laisser tailler la route sans récriminations. Erreur ! Quand il lui avait annoncé son départ pour Caen, elle lui avait sauté au cou, en lui susurrant dans le creux de l'oreille : « C'est comme ça que je t'aime, mon petit céphalopode d'amour, fougueux et aventureux, comme au temps des grandes heures. Essaye quand même de revenir en un seul morceau. » Il avait alors étreint Cheryl de tous ses tentacules, frustré de n'en avoir pas huit, ce qui n'aurait pas été de trop dans la mêlée qui suivit.

Le train s'ébranla enfin et Gabriel décida de s'abandonner au bercement du rail, soucieux d'appliquer la règle précédemment énoncée et de dormir quand le désir lui en venait. Quand il se réveilla deux heures plus tard, il était midi et l'intercités entrait en gare de Caen. Un beau soleil d'hiver ne parvenait pas à réchauffer l'air glacé, mais Gabriel décida de se rapprocher du centre à pied, histoire de se mettre dans le bain. Il traversa l'Orne et longea le port de plaisance sur le Quai Vendeuvre. Toute une flottille de petits bateaux était amarrée là, boiseries brillantes et cuivres rutilants, fanions bigarrés et crâneurs ; une jolie carte postale à quelques millions d'euros, ne put s'empêcher de penser le Poulpe, qui malgré son nom de guerre n'avait pas le pied marin. D'ailleurs les poulpes n'ont pas de pieds, ajouta-t-il in petto, et rien qu'avec un de ces rafiots, il y aurait de quoi redonner un petit coup de neuf à mon Polikarpov... Voler, c'est quand même autrement plus classe que flotter ! Entraîné par ses pensées et le mouvement de ses membres postérieurs presque aussi longs que ses antérieurs, il déboucha au bout du port sur la place Courtonne. Il décida qu'il était temps de poser bagages. Dédaignant les fléchages qui l'invitaient au Mercure ou à l'Ibis (Gabriel a horreur de ces chaînes d'HLM de luxe qui n'hésitent pas à se louer pour de pseudo-congrès historico-littéraires d'organisations d'extrême droite), il avisa un hôtel à la façade minuscule. Une réceptionniste joviale le reçut avec le large sourire des hôteliers en morte saison. Il n'a pas réservé ? Pas de problème, elle va lui trouver une chambre au calme côté cour, parce que la place est plutôt animée la nuit. C'est le rendez-vous des étudiants abonnés aux kébabs qui y fleurissent et qui se retrouvent pour boire des bières jusqu'au matin.

— Des bières ? Vous m'intéressez, chère Madame ! Est-ce que par hasard il y a une production locale ? Une brasserie caennaise peut-être ? Cela pourrait être intéressant pour l'article que je dois écrire.

— Vous êtes écrivain ? s'extasia-t-elle.

— Journaliste. Je me présente, Hippolyte Lavoinée, journaliste au magazine *Saveurs de nos Terroirs*. Je prépare un dossier sur les tripes à la mode de Caen.

Par pure gaminerie (Le Poulpe est volontiers joueur), Gabriel ne put s'empêcher d'exhiber d'un air fat la carte de presse, plus vraie que nature, que Pedro avait ajoutée à la carte d'identité au même nom.

— Ah ! vous avez bien raison, nos tripes méritent d'être mieux connues ! Pour la bière, je ne sais pas trop… mais au centre-ville vous trouverez des boutiques de produits régionaux, il se pourrait qu'ils aient des bières normandes.

Sur cette note d'espoir, Gabriel remercia, grimpa l'escalier et poussa la porte de la chambre 18. Un rapide coup d'œil permit à l'expert qu'il était de juger que le hasard avait plutôt bien fait les choses. Propre, pas trop kitsch malgré les inévitables rideaux à fleurs et les reproductions stéréotypées aux murs, les mêmes femmes à ombrelle au milieu des coquelicots que sur les boîtes de chocolats de Noël de son enfance. Le lit était confortable. La fenêtre donnait sur les toits d'une arrière-cour et la salle de bains, presque aussi grande que la chambre, tenait plutôt de la salle de bal. « Plop » fit son portable pour annoncer l'arrivée d'un texto : « AriV? koi 29 ? » Gabriel pesta, il ne supportait pas ces rébus phonétiques, qu'il trouvait d'une laideur abjecte. Passe encore que s'y livrent les collégiens en révolte contre l'accord du participe passé, mais Gérard ! Le défenseur des traditions et du bon goût, comme il se plaisait à se présenter lui-même, s'abaisser à de telles inepties puériles ! S'il avait réussi à le dissuader de l'accompagner, lui rappelant que le Poulpe est un animal peu sociable qui chasse seul, ce n'était pas pour se faire harceler de messages à la dysortho-graphie hermétique. Sans prendre la peine de répondre, il éteignit son portable avant de l'enfouir au fond d'une poche de sa parka. Si les choses tournaient au vinaigre, les infos se chargeraient bien de renseigner Gérard et la France entière par-dessus le marché.

CHAPITRE 4

C'était une blonde un peu ronde, au langage fleuri, équilibrée, et qui avait du corps. En y portant une nouvelle fois les lèvres avec délice, Gabriel ne put s'empêcher d'avoir une pensée émue pour Cheryl, d'autant que le nom même de cette bière « Au pré de ma blonde », l'invitait à la nostalgie. Il termina son verre au fond duquel s'était déposée la lie, sur laquelle elle avait refermenté et qui donnait son nom à la brasserie qui la produisait. Toutes les bières qui y étaient brassées n'étaient ni filtrées, ni pasteurisées, et Gabriel se promit de descendre toute la gamme le soir même. Il quitta le bar où il avait déjeuné et se dirigea vers le palais ducal. La presse qu'il avait consultée avant de partir lui avait appris que c'était là qu'on avait étripé Jean-Pierre Leveau. Un bouquet de fleurs fanait tranquillement sur les marches où le corps avait été découvert, et quoique récurées, les pierres portaient encore les auréoles sombres du sang qui les avait imbibées. Une plaque noire était vissée sur la façade du palais, où

« Confrérie de Gastronomie Normande, La Tripière d'Or » s'affichait fièrement en lettres d'or gothiques. Gabriel suivit la flèche qui le conduisit dans l'arrière-cour du bâtiment récemment rénové, jusqu'au siège de la confrérie. C'est de là que sortait nuitamment Leveau, avant d'être assassiné. Gabriel frappa sans obtenir de réponse. En vertu de l'adage bien connu « qui ne dit mot consent », il poussa la porte et s'autorisa à entrer dans ce qui semblait être un petit salon de réception. Quelques fauteuils de velours rouge, une table basse et sur les murs des photos encadrées des membres de la vénérable confrérie. Gérard n'avait pas menti, tous, en papes ventripotents de la gastronomie, portaient la toge rouge et bleue et une sorte de toque assortie, la trogne réjouie et la bedaine rebondie. Un portrait en pied s'attristait d'un ruban noir. Gabriel s'approcha et, sans surprise, y lut le nom du défunt Grand Maître, lui aussi en tenue d'apparat. La cinquantaine au cholestérol triomphant, Jean-Pierre Leveau paraissait avoir réussi, et la satisfaction de lui-même s'épanouissait sur son large visage rubicond, bien calé sur un double menton naissant, mais prometteur. Dans le prolongement du salon s'ouvrait une salle tout en longueur, où une massive table de chêne, entourée de chaises médiévo-pseudo rustiques, pouvait accueillir une vingtaine de convives. Sur un buffet massif, sous un globe de verre étincelant, trônait La Tripière d'Or ! La marmite tant convoitée, l'ultime trophée, objet du désir de tous les tripiers de Normandie et de Navarre. En l'examinant de plus près, Gabriel put constater qu'il s'agissait de cuivre rouge et non du fabuleux métal que Cipango mûrit en ses mines lointaines ; le soupir de réprobation qu'il poussa fit sortir un petit homme nerveux d'une pièce attenante.

— Qui êtes-vous ? Que faites-vous ici ? glapit ce dernier d'une voix qui aurait risqué de se perdre dans les aigus à la troisième question.

À ses gestes désordonnés et sa pâleur, Gabriel comprit que l'individu n'en menait pas large et qu'il valait mieux le rassurer au plus vite avant que ses réactions ne deviennent dangereusement imprévisibles. Il afficha donc un sourire savamment dosé entre affabilité, suffisance et contrition :

— Je me présente, cher monsieur, Hippolyte Lavoinée, du magazine gastronomique *Saveurs de nos Terroirs*. J'avais rendez-vous avec M. Leveau, mais j'ai appris la tragique nouvelle.

— Ah oui, bien sûr… hésita l'autre, visiblement toujours sur ses gardes. C'est bizarre, il ne m'a pas parlé de ce rendez-vous… et vous comprenez, depuis dimanche nous sommes harcelés par des journalistes… ou des gens qui se présentent comme tels… alors…

— Ne vous inquiétez pas cher monsieur, coupa Gabriel en sortant sa carte, la viande froide ne m'intéresse pas, je viens pour les tripes.

Chassez le Poulpe, il revient au galop ! Le petit homme, tout à l'examen de la carte de presse sembla ne pas relever la dernière réplique, mais Gabriel jugea prudent d'enchaîner aussitôt :

— Notre prochain numéro sort le mois prochain avec un dossier spécial sur les tripes à la mode de Caen, c'est pourquoi je me suis permis de venir malgré tout, en espérant rencontrer un membre de la confrérie que je pourrais interviewer.

— Bien sûr, bien sûr… je pourrais vous renseigner, je suis Philippe Nemery, vice-président de la confrérie…

— Ah ! mais c'est parfait, cher monsieur Nemery ! permettez-moi de m'asseoir ! fit Gabriel en joignant le geste à la parole malgré l'air déconfit du sous-tripier.

— C'est que voyez-vous, j'ai beaucoup à faire avant les obsèques, les détails de la cérémonie à régler et…

— Je comprends fort bien et je n'abuserai pas de votre temps. Quand l'enterrement doit-il avoir lieu ? Je me ferai un devoir et un honneur d'y assister, flagorna le Poulpe en resserrant l'étreinte de ses tentacules rhétoriques.

— Bien sûr… nous-mêmes serions honorés… demain à 10 heures, juste en face, à l'Abbaye aux Hommes…

— J'imagine qu'il y aura foule, le Grand Maître était une personnalité de premier plan de votre ville, évidemment.

— Bien sûr, vous pensez ! Il appartenait à une vieille famille caennaise, pharmaciens de père en fils depuis près de 70 ans, une officine réputée, dans la Grand-Rue… et puis adjoint au maire depuis trois mandatures.

Gabriel hésita à poser une nouvelle question, de peur que la réponse ne commence par bien sûr, auquel cas il n'était pas certain de pouvoir contrôler les démangeaisons qu'il commençait à ressentir aux extrémités de ses battoirs… Il poursuivit pourtant en adressant une prière muette à saint Jean Chrysostome, afin que son interlocuteur varie ses locutions.

— Le choc a dû être terrible ! Mais la police doit consacrer toute son énergie à retrouver le fou furieux qui a commis cette abomination. Ils sont sans doute déjà sur une piste sérieuse, un tel crime laisse forcément des indices.

— Détrompez-vous ! *(Ouf ! Gabriel respira, merci Jeannot)* L'enquête patauge, comme on dit. Mon beau-frère est inspecteur, vous comprenez, alors bien sûr j'ai des informations de première main, c'est-à-dire qu'ils n'ont pas encore l'ombre d'une piste.

Avec ses entrées dans la maison poulaga, le coco devenait déjà plus intéressant et Gabriel était prêt à encaisser encore un chapelet de bien sûr, s'il pouvait suivre de loin l'enquête de police, juste histoire de respecter les distances de sécurité sans risquer de croiser la route du beauf. S'il pouvait en plus pêcher des informations, tant mieux, mais il n'y comptait pas trop, allez savoir pourquoi ? En tout cas, il se replongea dans son rôle.

— Ils doivent au moins savoir comment on l'a attiré ici au milieu de la nuit ?

— Ah ! Bien sûr ! ça, c'est moi qui leur ai dit ! Nous avions une réunion de la confrérie. Elle s'est terminée vers 22 heures, mais Jean-Pierre est resté. Il avait encore des documents à classer et des courriers à terminer. Quand j'y repense ! J'aurais dû insister pour qu'il parte avec nous, tout ça ne serait pas arrivé.

— Vous ne pouviez pas deviner, ne vous mettez pas la rate au court-bouillon, comme on dit à la rédaction. Mais je comprends bien que de l'avoir découvert dans cet état a dû être un vrai traumatisme pour vous.

— Mais non ! ce n'est pas moi qui l'ai trouvé, c'est Daniel, une cloche bien connue à Caen. Il rend des petits services à droite à gauche. Mais surtout, n'en dites rien, ajouta-t-il en baissant la voix, je le tiens de mon beau-frère et c'est une information confidentielle.

Pour un peu, Gabriel eût été ému aux larmes par tant de naïveté et il aurait bien claqué deux gros bisous baveux sur les joues tremblantes du bonhomme. Il réfréna malgré tout son accès de sensiblerie – le Poulpe est un animal à sang presque froid – et embraya sur la tripe pour coller un minimum à son personnage.

— Une bien triste histoire ! Mais revenons à nos moutons, monsieur Nemery, parlez-moi de votre succulente spécialité caennaise.

— À nos vaches ! revenons à nos vaches, s'enthousiasma soudain le thuriféraire de la tripaille. Il est vrai que, parfois, on prépare les tripes à base d'ovins, mais en Normandie, c'est une hérésie ! Les véritables tripes labellisées et dignes de ce nom sont cuisinées avec l'estomac de nos bonnes vaches normandes : la panse, le feuillet, le bonnet et la caillette. On y ajoute un pied de bœuf...

— Oui, pour sa gélatine, un collègue m'a expliqué.

— Vous êtes connaisseur ! alors vous apprécierez la recette que le fondateur de notre confrérie a mise en vers, regardez, elle est encadrée, là.

Sans même laisser à Gabriel le temps de s'approcher du faux parchemin et de son texte immanquablement calligraphié en lettres gothiques, il se mit à déclamer :

Ô ! Cher poète, je te fais don
De ma recette : tripes à la mode
Pour cuire de bonne façon
Parfaitement selon le code
Pieds de bœuf, feuillet,
Les mulettes et le bonnet,
En vue de cette ripaille,
Coupe en morceaux carrés
Dans l'eau claire, bien lavée
Toute cette tripaille,

Carottes, oignons en rouelles,
Poireaux, bouquet garni,
Clous de girofle, céleri...

Il était temps de lever le camp au plus vite, sous peine d'indigestion prosodique. Gabriel coupa court à l'envolée lyrique. Il ne voulait décidément pas abuser d'un temps précieux et aurait plaisir à poursuivre cet enrichissant échange après les obsèques, il saurait retrouver tout seul la sortie, merci. Ce qu'il fit au pas de course. La porte vitrée claqua derrière lui. Jamais il n'avait autant eu besoin d'une bonne bière.

CHAPITRE 5

En sortant de l'arrière-cour du Palais Ducal, Gabriel pensait à « l'horrible cri qu'avait poussé » Gargantua « en entrant dans la lumière de ce monde, quand il bramait : À boir ! À boir ! À boir ! » La poésie tripesque lui avait donné une soif de géant. Il allait partir à la recherche d'un zinc, quand il se ravisa devant le porche de l'église abbatiale Saint-Étienne qui jouxtait l'Abbaye aux Hommes. Au XIVe siècle, c'est un moine de cette abbaye qui avait, dit-on, inventé la recette des tripes à la mode de Caen ; et puis Guillaume le Conquérant y reposait : deux bonnes raisons d'y jeter un rapide coup d'œil par pure conscience poulpienne. L'intérieur, malgré l'élévation, était plutôt sombre en cette fin d'après-midi de décembre. Gabriel avança dans la nef, jusque devant le chœur où se trouvait le tombeau de Guillaume : une dalle de marbre blanc dans l'axe de l'autel. Quelques nostalgiques de l'Angleterre normande y avaient déposé des branches de houx et quelques fleurs sauvages. Il faut dire que l'épitaphe en jetait ! « Ici repose Guillaume le Conquérant, l'Invincible, duc de Normandie et roi d'Angleterre, fondateur de cet édifice mort en 1087 ». De quoi rappeler à la perfide Albion qui avait été son maître. Gabriel emprunta le déambulatoire pour contourner le chœur. La crèche avait été installée dans une des absidioles. Comme deux benêts sous ecsta, Marie et Joseph étaient en adoration devant un lit de paille vide et Gabriel regretta de ne pas avoir un œuf à déposer dans le nid. Imaginer la tête qu'aurait fait le curé en le trouvant suffit pourtant à le réjouir. Il s'apprêtait à sortir par la porte latérale, quand il aperçut une silhouette penchée sur la dalle de Guillaume. La curiosité est une seconde nature quand on s'appelle Le Poulpe, il s'approcha donc sur la pointe des croquenots. Emmitouflé dans une vieille veste militaire pas très propre, le bonnet enfoncé jusqu'aux yeux, un homme ramassait les fleurs fanées en monologuant à demi-voix.

— Alors, mon gars, pas trop froid là-dessous ? Je vais te laisser le houx, il ne perd pas encore ses boules, et puis c'est gai. Les fleurs par contre, elles sont cuites. Heureusement que Daniel est là pour s'occuper de toi. Entre voisins, faut bien s'entraider.

Gabriel n'en revenait pas, il saisit la chance au vol.

— Alors comme ça vous êtes voisins ?

Daniel sursauta et s'apprêta à battre en retraite.

— J'ai pas dit ça. Au revoir, il faut que j'y aille.

— Holà, camarade, t'esbigne pas comme ça ! on peut faire la causette cinq minutes entre gens bien élevés.

— J'vous connais pas et j'ai rien à vous dire !

— Attends ! insista Gabriel en l'attrapant fermement par le bras, au cas où l'impératif n'aurait pas suffi. Je ne suis qu'un touriste et tu as l'air d'en connaître un rayon sur le Duc, vous avez même l'air presque potes. Tu pourrais me parler de lui devant une bière par exemple… c'est moi qui rince.

À la promesse de la bière, la tension musculaire se relâcha un peu sous le tentacule.

— Touriste, hein ?

— Juré ! on ne serait pas dans un lieu saint, je cracherais par terre si ça pouvait te convaincre. Tu sais où on peut trouver un échantillon de bière locale dans le coin ?

— Pour ça oui, mais pourquoi tu paierais un coup à un type comme moi ? J'ai vu passer pas mal de touristes par ici, mais t'es le premier qui m'invite.

— Disons que quelqu'un qui prend soin d'un gars qui a mis une branlée aux Anglais inspire la sympathie. Bon, on va se la boire ou pas cette bière ? s'impatienta Gabriel.

— Puisque Monsieur a l'air d'y tenir, je m'en voudrais de couper ses élans humanistes.

— Dis donc, t'aurais pas lu Rabelais toi, des fois ?

— En terminale, mais c'est loin. Je te parlerai de ma prof de philo si tu veux.

— Ouais, et moi je te parlerai de Gérard, un grand philosophe de comptoir. Allez, je te suis.

Gabriel suivit donc Daniel jusqu'à une cave à bières dont la carte avait tout pour le mettre en joie. Fidèle à sa promesse, il s'attacha à explorer la gamme de la Brasserie de la Lie. La Caennette, pour commencer : une blanche, épicée aux agrumes, pour la soif. Une fois désaltéré, Daniel se sentit d'attaque pour un condensé d'histoire normande, sautant allègrement de Rollon à Hastings, jusqu'à Jeanne la bonne Lorraine, qu'Anglais brûlèrent à Rouen. Échauffés qu'ils étaient par l'infamie des Anglois et les flammes du bûcher, ils passèrent à des choses plus sérieuses : l'Ambrée du Hameau, aux reflets de braise et aux saveurs légèrement amères de pain cuit. Les rousses délient la langue, c'est bien connu et Gabriel jugea que son compagnon était suffisamment émoustillé pour le brancher sur l'histoire immédiatement contemporaine.

— Dis donc, il paraît que tu étais aux premières loges samedi soir.

— Nous y voilà ! Touriste hein ? Qui est-ce qui t'a dit ça, d'abord ?

Visiblement, Gabriel avait surestimé l'effet émollient de la rouquine. Il se dépêcha donc de commander la bière brassée pour l'hiver et fort à propos baptisée « Ça sent le sapin », une autre ambrée mais d'un rubis profond, au goût prononcé d'épices et de résine. Une qui débouche le nez et qui donne envie de courir tout nu dans la neige avec un bonnet rouge. Il reposa son verre en faisant claquer sa langue de satisfaction et en invitant d'un geste Daniel à goûter à son tour au miracle de Noël.

— Relax ! il suffit de poser les bonnes questions aux bonnes personnes au bon moment… et là, le moment me paraît idéal pour que tu me racontes comment tu as trouvé le Grand Maître. Mais goûte-moi d'abord ce divin breuvage.

— J'ai déjà tout dit aux flics, consentit à répondre Daniel, non sans avoir auparavant obéi à la dernière injonction poulpesque.

— Sauf que les perdreaux, ils ne savent pas que tu squattes juste en face. J'ai repéré la maison en chantier en sortant de l'abbaye. Détends-toi, je t'ai dit : j'ai une chambre à l'hôtel, je ne vois pas pourquoi j'irais te déloger ou te balancer. C'est pas dans mes habitudes.

— Oui, c'est vrai, quoi ! pourquoi tu me ferais ça ? se rassura Daniel en séchant son verre.

Gabriel l'imita et recommanda aussitôt la même chose.

— Par contre, j'ai la mauvaise habitude de fouiner un peu partout et de ne pas lâcher le morceau quand je suis sur une affaire. Alors comme tu es philosophe, je vais être franc avec toi. Un de mes amis à Paris est plutôt chagrin de ce qui est arrivé au Grand Tripier et il m'a demandé de venir voir de quoi il retourne.

— Et ton ami, il connaissait bien Leveau ?

— Pas plus que ça. Ils s'étaient rencontrés il y a deux mois dans une foire gastronomique.

— Il s'en remettra alors ! De toute façon, il ne perd pas grand-chose.

— Pourquoi tu dis ça ?

— Juste que ce n'était pas un type bien intéressant. Lui et ses copains de la Tripière, ça se revendique de Rabelais pour ce qui est de la grosse bouffe, mais l'esprit de la Renaissance, il n'est pas venu souffler entre leurs oreilles. Du genre à lire les torche-culs comme du scato de bas étage et à se marrer grassement, sans comprendre que derrière l'accumulation de tout le bric-à-brac poétique que teste Gargantua pour s'essuyer le fondement, le bon docteur Rabelais fait un immense bras d'honneur à l'Église pour qui l'élévation de l'âme ne peut se faire que par le mépris du corps.

Pour ne pas être en reste, Gabriel sortit son vieux poche tout corné justement d'une de ses poches :

— Alors, *Gargantua*, chapitre 13, je lis : *Mais, concluent, je dys et mantiens qu'il n'y a tel torchecul que d'un oyzon bien duveté, pourveu qu'on luy tienne la teste entre les jambes. Et m'en croyez sus mon honneur. Car vous sentez au trou du cul une volupté mirificque, tant par la doulceur d'icelluy duvet que par la chaleur temperée de l'oizon laquelle facilement est communicquée au boyau culier et aultres intestines, jusques à venir à la region du cueur et du cerveau...* En parlant de boyaux et d'intestins, j'aimerais que tu me parles encore un peu de Leveau. Et quand tu l'as trouvé, ça venait d'arriver ? Tu n'as rien vu du tout à part lui ?

— Ses tripes fumaient encore, si tu veux tout savoir. J'ai entendu un gros moteur démarrer et partir en faisant crisser la gomme dans la rue Guillaume, un 4x4 peut-être. Mais je n'ai rien vu. Et je n'ai même pas pu rentrer chez moi cette nuit-là, je ne voulais pas que les flics repèrent ma crèche. Je suis resté à me peler dans les courants d'air sous une porte cochère tout le temps qu'ils prennent leurs photos, leurs mesures et tout le tintouin.

— Dis-moi Daniel, s'inquiéta Le Poulpe que les pintes rendaient sentimental et un peu confus, qu'est-ce que tu fous dans la vie ? Enfin, je veux dire, pourquoi tu vis comme ça, tu pourrais...

— T'occupe pas de ma vie, elle me va comme un gant, coupa Daniel rigolard. Et toi, si tu veux un conseil, ne vas pas fourrer ton nez n'importe où. La tripe, ça a vite fait de sentir la merde. Laisse donc les loups se dévorer entre eux et paye-moi une autre mousse de Noël.

CHAPITRE 6

Gabriel grogna et, d'un moulinet de bras, trop long pour être correctement dirigé, tenta de repousser l'importun qui le secouait en lui criant de se réveiller. Comme l'autre ne semblait pas vouloir lâcher prise et que ses exhortations lui résonnaient douloureusement dans la tête, le Poulpe consentit l'effort suprême de soulever une paupière qui devait bien peser quinze tonnes pour ouvrir un œil vitreux. Devant lui, Daniel s'impatientait.

— Allez mon gars ! Il est sept heures, faut décaniller. Si on traîne trop, il va y avoir du monde et on va se faire repérer en sortant.

La lucidité lui revenant assez vite pour l'empêcher de sombrer dans le cliché pathétique du « Où suis-je ? », Gabriel préféra donc une réplique plus virile :

— Qu'est-ce que je fous là ?

— Hier soir, je t'ai ramené chez moi, tu en tenais une sévère. Comme tu ne m'avais pas dit à quel hôtel tu étais, je ne pouvais quand même pas t'abandonner sur le trottoir, ou laisser le patron du zinc appeler les flics pour que tu finisses la nuit au poste.

— J'avoue que le réveil aurait été bien plus désagréable ! Merci mon pote, fit Gabriel en s'asseyant sur son matelas de cartons empilés et en jetant un coup d'œil autour de lui. C'est coquet chez toi.

Étagères en cagettes, fauteuil de camping et réchaud à gaz, et, sur une table basse en planches de coffrage et parpaings, un café fumant.

— Oui, on se débrouille. Tiens, bois-moi ça et ouste !

Gabriel obéit en se brûlant, ce qui eut le mérite de finir de le réveiller et de lui remettre les idées en place. Une petite marche sportive jusqu'à son hôtel dans le froid matinal, et il serait complètement d'attaque. Il embrassa Daniel – une biture à la bière, ça crée des liens – et repartit vers la place Courtonne. En empruntant la rue Écuyère, il eut un sourire un peu nostalgique, bientôt 20 ans déjà ! À l'hôtel, il grimpa directement dans sa chambre. Le temps de patauger dans une baignoire d'eau bouillante pour dissoudre les dernières toxines de la nuit, et il s'attablait devant un déjeuner rabelaisien : café, lait,

croissant, pain, beurre, yaourt, camembert
– Normandie oblige – jambon, confiture…

— Il ne manque que les tripes frites pour que ce déjeuner soit digne de celui de Gargantua ! s'extasia Gabriel.

— Ici les tripes ne sont pas frites, cher monsieur, mais mijotées une bonne douzaine d'heures. Il m'en reste à la cuisine. Si vous voulez, je peux vous en servir un bol, proposa l'hôtelière, décidément charmante.

Gabriel déclina l'offre et se contenta de tremper deux tartines dans son café en lisant la nécro de l'édition du jour de *Ouest-France*. La messe aurait bien lieu à l'Abbaye aux Hommes et l'inhumation à onze heures au cimetière Saint-Gabriel. C'était presque trop beau pour être vrai, Caen était pleine de surprises ! Il avait déjà largement eu sa dose d'église, une visite à son saint patron serait suffisante. En attendant, il alluma son portable pour découvrir quinze appels en absence et dix messages, tous de Gérard, qu'il ignora superbement. Il hésita un instant puis décida d'assumer sa faiblesse : il composa le numéro de Cheryl … pour tomber sur sa boîte vocale. Il appela donc au salon, où elle devait être en train de faire chauffer les casques, lisseurs et fers à friser. Là aussi, il ne put obtenir qu'un répondeur qui lui apprit que le salon était fermé pour une semaine de congés exceptionnels. Congés exceptionnels, et puis quoi encore ? Cheryl ne lui avait rien dit de cela et Gabriel sentit le titillement de la jalousie se réveiller dans ses ventouses. Sa blonde aurait-elle profité de son expédition normande pour s'offrir une escapade avec un représentant en lotions capillaires ? De mauvaise humeur, il éteignit de nouveau son portable et quitta l'hôtel. Il avait largement le temps de flâner avant de se rendre au cimetière. Sur sa route, une rapide visite du château ducal s'imposait. Les vestiges de l'enceinte fortifiée, une des plus vastes d'Europe, étaient impressionnants. Juste retour des choses, les Anglais avaient occupé pendant la guerre de Cent Ans ce château construit par Guillaume quatre siècles plus tôt. La promenade sur le chemin de ronde offrait une vue panoramique sur la ville, et Gabriel put repérer à la fois l'Abbaye aux Dames, où reposait la Reine Mathilde, épouse de Guillaume, et l'Abbaye aux Hommes, dont il entendit au loin, dans l'air, la cloche lancer son svelte trille. La messe était terminée, le cortège funèbre allait bientôt se mettre en route, Gabriel devait maintenant se hâter de gagner le cimetière, ce qu'il fit.

Lorsqu'il arriva, le gratin finissait de se mettre en place autour du cercueil exposé sur ses tréteaux au bord de la fosse. Et du gratin, il y en avait à revendre ! Tous les notables caennais s'étaient donné rendez-vous autour du trou et se cherchaient des yeux, soucieux de se faire reconnaître de leurs pairs et de bien montrer leur appartenance à la bonne société. C'était l'événement à ne manquer sous aucun prétexte et les rares inconséquents qui ne s'étaient pas déplacés s'entendraient longtemps reprocher leur absence. Les membres de la Tripière d'Or formaient une haie d'honneur, ils avaient laissé au vestiaire leur toge d'apparat, mais étaient reconnaissables au ruban rouge et bleu qui barrait leur poitrine. Le maire et ses adjoints écharpés de tricolore affichaient la gravité de leur fonction, et la veuve se ratatinait dans son tailleur noir, flanquée par deux jeunes d'une vingtaine d'années, gauches et raides, mal préparés au rôle d'héritiers qui leur tombait dessus sans crier gare. Un peu à l'écart, faisant leur possible pour paraître naturels, deux pèlerins ne perdaient pas une miette du spectacle : les forces de l'ordre étaient prêtes à intervenir au cas où l'assassin psychopathe viendrait se jeter sur le cercueil pour étriper une nouvelle fois sa victime. Gabriel jugea prudent d'éviter de croiser leurs regards et reporta son attention quelques rangées de tombes en arrière, sur une jeune femme qui détonnait dans le tableau. Elle semblait à la fois attentive et distante. Une brunette aux courts cheveux ébouriffés, jeans et manteau de sport. Son portable sonna au milieu du discours du curé. Sous le feu des regards meurtriers de toute l'assemblée, elle se rua, en jurant, à l'intérieur du gros sac fourre-tout qu'elle portait sur l'épaule, sans parvenir à mettre la main sur le téléphone. En désespoir de cause, elle s'accroupit et renversa le contenu du sac sur une pierre tombale pour la plus grande joie de Gabriel. Elle finit par faire taire la sonnerie et, après un dernier coup d'œil sévère, le curé reprit son éloge funèbre pendant qu'elle rassemblait les objets éparpillés. Gabriel qui s'était approché lui tendit un tube de stick à lèvres qui avait roulé une tombe plus loin.

— C'est à vous, je présume ?

— Merci. Quelle poisse ! J'oublie toujours d'éteindre ce fichu bidule !

— Vous n'êtes pas une proche du défunt, on dirait ?

— Vous non plus.

Ce n'était pas une question, et au regard qu'elle lui lança, Gabriel comprit qu'on ne la faisait pas à cette gamine irrévérencieuse. Malgré la sympathie qu'elle lui inspirait au premier contact, il préféra ne pas se découvrir et utiliser son identité d'emprunt.

— Hippolyte Lavoinée, journaliste à *Saveurs de nos Terroirs*.

Elle haussa un sourcil un rien dubitatif avant de se présenter à son tour.

— Angela Pardi, de *Ouest-France*. Nous sommes donc confrères à ce qu'il semble.

Un mouvement près de la fosse évita à Gabriel de répondre directement.

— Tiens donc, regardez qui va prendre la parole ! Mon ami Nemery, Grand Maître par intérim…

Le curé semblait en effet en avoir terminé pour l'instant, et Philippe Nemery s'avançait, l'air important avec une liasse de feuillets à la main.

— Vous le connaissez ? s'étonna Angela.

— Je suis allé lui poser quelques questions pour mon article sur les tripes. Il était intarissable, et vu le nombre de pages qu'il tient, j'ai comme l'impression que son discours va être tout sauf concis.

— C'est à craindre, il nous a déjà assommés aux obsèques de Martineau la semaine dernière et pourtant, à côté de Leveau, c'était du menu fretin.

— Martineau ?

— Un employé d'une usine de tripes, un accident.

— Dites donc, sale temps pour les tripiers ! Ça vous dirait de me raconter tout ça à table ? Je commence à avoir les crocs. Je m'en remets à vous pour le choix du resto et je vous invite.

Angela plongea ses yeux noirs dans ceux de Gabriel qui réussit à soutenir son regard, malgré les pensées peu appropriées qui commençaient à s'inviter de manière insistante dans son cerveau reptilien. Il ne recommença pourtant à respirer que lorsqu'elle sourit en demandant :

— Vous vous en remettez souvent aux inconnues ?

— Seulement à celles que je rencontre dans les cimetières.

— Où êtes-vous garé ?

— Je n'ai pas de voiture, je suis venu de Paris en train.

— Alors, venez, je vous emmène, moi aussi j'ai faim, conclut-elle avec un nouveau sourire qui finit de rendre Gabriel tout chose.

La salle du restaurant où ils étaient installés tenait du poulailler à voir la collection de poules et de coqs en tous genres qui en constituait la décoration. Cuisine traditionnelle, forcément. Gabriel consulta la carte. Le choix s'imposait : toasts de pieds de porc gratinés au Pont-l'Évêque, une expérience sensorielle dont la narration à Gérard promettait de tourner à l'épopée, suivis des inévitables tripes à la mode de Caen. Angela lui montra, entre deux colombages, une ardoise en forme de gallinacé qui affirmait que les tripes servies ici provenaient de la boucherie Diat, Champion du monde 2012 de la Tripière d'Or.

— Voilà de quoi nourrir votre article, dégustation obligatoire. En plus, je suis curieuse de recueillir vos commentaires, j'ai toujours été impressionnée par les critiques gastronomiques.

Gabriel ne demandait pas mieux que d'impressionner la jeune femme, mais il n'était pas sûr d'en être capable dans ce registre. Il tenta de botter en touche.

— Vous savez, la première dégustation, c'est un peu comme une première rencontre, de l'ordre de l'intime, de l'ineffable, de la sensation pure... Ce n'est qu'ensuite, lorsque je rédige mes articles, que je trouve les mots et les images qui ne peuvent que pauvrement traduire toute la palette des goûts...

Pour se donner du courage, il commanda une Kékette de Noël, une bière blonde sur lie du Calvados, brassée par des Belges. Angela ne le suivit pas sur ce terrain scabreux et préféra un verre de vin blanc.

— Vous me parliez d'un accident dans une usine de tripes ? embraya Gabriel.

— Oui, le comptable, écrasé sous une cargaison de bocaux, plutôt burlesque comme fin. Ça vous intéresse ?

— Je suis plutôt du genre curieux, alors...

— Attendez, je devrais pouvoir vous retrouver l'article, fit Angela en sortant son portable.

Elle se connecta sur le site de *Ouest-France* et tendit l'appareil à Gabriel qui lut :

Accident tragique à Saint-Martin-de-Fontenay à l'entreprise « La Tripe Conquérante ».

Hier matin, à 6h30, en se rendant à l'entreprise artisanale qu'il dirige, M. Olivier Delamarre s'est inquiété de ne pas voir arriver son comptable, M. Alexandre Martineau, d'ordinaire la ponctualité incarnée. Après avoir en vain tenté de le joindre sur son portable, il est sorti pour son inspection quotidienne des bâtiments. C'est alors qu'il a remarqué la voiture de M. Martineau, garée près du hangar de stockage, derrière un camion qui devait être chargé le jour même. Intrigué, il a pénétré dans le hangar et n'a pu que constater, impuissant, la tragédie qui s'était jouée peu de temps auparavant. M. Martineau gisait sans vie sous deux palettes de bocaux de tripes. On ne sait ce qui a conduit la malheureuse victime sur les lieux du drame, mais les premiers éléments de l'enquête concluent à un terrible accident. Il semblerait que les deux palettes mal gerbées l'une sur l'autre soient tombées du rack de stockage en attente de chargement. L'enquête se poursuit qui devra déterminer les responsabilités de chacun. Questionné par nos soins, M. Delamarre, encore sous le choc, n'a pu que déplorer la perte terrible d'un employé consciencieux et profondément dévoué à cette petite entreprise familiale.

Il finissait sa lecture en se disant qu'une visite à Saint-Martin-de-Fontenay s'imposait, quand on leur apporta leurs plats de tripes. Gabriel regarda son assiette d'un œil soupçonneux, alors qu'Angela attaquait avec gourmandise.

— Vous ne mangez pas ?

— Si, si. J'essaye juste de me convaincre que je ne vais pas trouver un morceau du comptable sous une rondelle de carotte.

— Vous ne risquez rien, pouffa Angela, ici c'est de l'artisanal, pas de l'industriel. Allez, dites-moi ce que vous en pensez.

Gabriel avala la bouchée qu'il venait de mastiquer et prit un air inspiré et pompeux :

— La saveur est à la fois poivrée et légèrement sucrée. Mais ce qui fait la richesse du plat, ce sont les multiples sensations en bouche, les morceaux fermes au premier abord, qui s'effilochent ensuite sous les dents en fibres tendres et caressantes, les autres minces et hérissés de picots râpeux qui viennent chatouiller les papilles, et d'autres gélatineux et fondants quand on les écrase entre la langue et le palais. Tout cela laissant sur les lèvres une fine pellicule délicieusement collante.

— Pas mal, on finirait presque par vous prendre au sérieux... si vous ne buviez pas de la bière en mangeant... pas très professionnel ça.

— Une vieille allergie au vin, protesta mollement Gabriel, pas fâché au fond de tomber le masque.

— Qui êtes-vous donc M. Lavoinée ? demanda Angela en passant la langue sur ses lèvres pour en enlever la fine pellicule délicieusement collante.

— Appelez-moi Gabriel, fit Gabriel.

CHAPITRE 7

Gabriel avait eu toutes les peines du monde à glisser sa grande carcasse dans la Mini d'Angela. Il avait reculé le siège au maximum, mais il avait encore l'impression d'avoir les genoux sous le menton et les épaules qui lui remontaient dans les oreilles. Il aurait fallu une articulation supplémentaire à ses bras démesurés pour les plier confortablement dans l'habitacle, ou alors de véritables tentacules, sans articulation du tout. Enfin, il n'allait tout de même pas se plaindre ! Les événements prenaient une tournure des plus réjouissantes. Il avait eu une explication avec Angela. Plutôt finaude la gamine, une vraie journaliste qui n'avait pas cru longtemps à son personnage, à croire que la parka multi poches tout droit sortie d'un surplus militaire collait aussi mal que la bière à l'image du critique gastronomique. Et quand, d'un nouveau surf sur son portable, elle avait eu confirmation qu'il n'y avait pas plus de *Saveurs de nos Terroirs* que de beurre en branche, la messe avait été dite. Ils avaient ensuite tous deux joué serré et étaient parvenus à un *statu quo* plutôt satisfaisant : il ne lui en avait pas raconté beaucoup plus qu'à Daniel et elle avait proposé de lui prêter sa voiture pour qu'il puisse aller fouiner du côté de la Tripe Conquérante. Ils étaient tombés d'accord sur ce point aussi : l'espérance de vie dans la triperie venait d'en prendre un sacré coup en deux semaines, et à la lumière du meurtre de Leveau, l'accident de Martineau demandait à être reconsidéré sous un angle nettement moins accidentel. Comme décidément tout s'arrangeait pour le mieux, elle était retenue au journal pour une réunion de rédaction et Gabriel n'avait pas eu besoin de se battre pour lui expliquer qu'il était du genre solitaire et que sa présence à ses côtés n'aurait pu que compliquer ses affaires. Il devait simplement lui faire un rapport circonstancié le soir même en lui rendant sa voiture, condition somme toute plutôt honnête. En attendant, il roulait en direction de Saint-Martin-de-Fontenay, en se laissant porter par les longs riffs envoûtants du rock psyché d'Endless Boogie. Il avait trouvé un CD du groupe new-yorkais dans le lecteur, et là encore la petite Angela marquait un point. La voix de speakerine de synthèse du GPS lui annonça qu'il était arrivé à destination. Il gara donc la Mini devant un pavillon d'un quartier résidentiel de Fontenay. Les maisons étaient à peu près toutes du même modèle, d'une quinzaine d'années et de bonne tenue, pour classe plus que moyenne, pelouse plantée de quelques arbres d'ornement, garage et portail automatique au gyrophare disgracieux. C'est là qu'habitait madame récemment Veuve Martineau, à qui il avait décidé de rendre une petite visite avant d'aller à l'usine. L'interphone du portillon grésilla.

— Oui ?

— Madame Martineau, je suis Gilbert Lacaille, agent d'assurances de la Tripe Conquérante, M. Delamarre vous a informée de ma visite.

— Mais non, pas du tout… je ne suis pas au courant.

— Ah ! il aura oublié. Je suis navré de vous déranger dans ces moments difficiles. Je peux repasser à un autre moment si vous le souhaitez, mais c'est ennuyeux car nous devons compléter les derniers documents afin de calculer les indemnités qui vous reviennent, et connaissant les délais de traitement des dossiers, le plus tôt serait le mieux.

— C'est bon, entrez.

Gabriel s'était préparé à plus de résistance mais le portillon s'ouvrit dans un clac sonore, prouvant une fois de plus que l'argent est le plus efficace des sésames. La dame Martineau l'attendait sur le seuil, pull cachemire et jeans de marque à deux cents euros, la quarantaine bronzée aux UV et le corps visiblement entretenu par un abonnement premium à une salle de sport. Quand elle croisa les jambes en s'asseyant dans le fauteuil club, Gabriel remarqua la semelle rouge de ses chaussures. Le mobilier du salon était à l'image de la garde-robe de la veuve, du moins de ce que Gabriel pouvait en imaginer d'après l'échantillon exposé sous ses yeux. Tapis pure laine aux motifs colorés et contemporains, home cinéma 3D, meubles design dont le prix devait correspondre à quelques mois de salaire de l'ensemble des huit employés de la Tripe Conquérante.

Gabriel s'acquitta des condoléances d'usage, d'autant plus rapidement que la dame semblait plus préoccupée de son avenir que nostalgique de sa vie passée, pressée de savoir à combien s'élèverait le montant de la prime d'assurance.

— La prime est calculée sur une part fixe au titre d'accident du travail, inventa-t-il, et d'une part proportionnelle au salaire mensuel des dix-huit derniers mois.

— Dix-huit mois, vous êtes sûr ?

Elle s'agita nerveusement.

— C'est embêtant, voyez-vous, car depuis six mois, mon mari avait eu une grosse augmentation. Il n'y a pas moyen de changer le calcul ?

Gabriel s'engouffra dans la brèche que lui ouvrait la cupidité.

— Évidemment, si l'augmentation est vraiment substantielle et que le mode de calcul porte un véritable préjudice au bénéficiaire, il peut y avoir des ajustements. Qu'entendez-vous par grosse augmentation ?

— Eh bien, c'est facile, son salaire avait doublé. L'entreprise a réalisé des profits importants et M. Delamarre avait décidé d'associer mon mari à l'affaire et d'en faire le vice-président en lui cédant des parts. Nous devions même acheter une nouvelle maison…

À l'évocation de cette promotion brisée dans son élan, elle renifla et attrapa un kleenex. Le pire, pensa Gabriel, était que cette gourde paraissait sincère. Il en avait assez vu et n'avait pas intérêt à s'éterniser, d'autant qu'il commençait à se sentir vaguement nauséeux. Il se demanda quel genre d'homme avait été Martineau pour avoir hérité de cette femme ou pour l'avoir rendue pareille.

— Je vais en parler à M. Delamarre et je vous tiens au courant. À très bientôt, conclut-il en se levant un peu précipitamment.

— Vous ne me faites rien signer ? s'étonna-t-elle.

— C'est prématuré, c'était juste un premier contact, lui lança encore Gabriel en refermant la porte et en la laissant stupidement plantée dans son décor de papier glacé.

Une fois dehors, il traversa le jardin au pas de course. Il avait hâte de quitter ces lieux et surtout de faire la connaissance d'Olivier Delamarre. Son intuition lui soufflait que la confrontation des deux points de vue vaudrait son pesant de cacahuètes.

En remontant dans la Mini, il remarqua un énorme 4X4 garé au bout de la rue, pare-chocs rutilants capables de couper en deux un troupeau de bisons – précaution évidemment indispensable pour s'aventurer sur les petites routes de Basse-Normandie – et surtout ce qui lui parut être une véritable queue de renard accrochée au sommet de l'antenne, trophée témoignant du degré de civilisation de son propriétaire. Il démarra et prit à gauche pour retrouver la rue principale. L'usine était dans la zone industrielle à la sortie du village.

Olivier Delamarre pianotait nerveusement sur son bureau. Gabriel, qui avait repris sa couverture de critique gastronomique, était assis en face de lui, se disant que Cheryl ne serait peut-être pas restée insensible à ses tempes grisonnantes et à son charme de beau gosse sur le retour.

— Vous comprenez mes réticences à répondre à vos questions, M. Lavoinée. Dans un magazine comme le vôtre, je crains les comparaisons entre l'artisanal et l'industriel... j'ai plutôt tendance à me méfier de la presse. Et pourtant je peux vous assurer que les produits de La Tripe Conquérante sont de qualité. La situation est suffisamment difficile en ce moment, je ne peux guère me permettre une publicité négative.

— Détrompez-vous, chez Saveurs de nos Terroirs nous savons valoriser les petits industriels respectueux de la tradition. Ce sont des acteurs incontournables de la démocratisation de la gastronomie régionale. Mais vous parlez de situation difficile ?

— En effet, en effet... Sans même parler de la conjoncture économique, je ne vous apprendrai pas que les tripes ne sont pas vraiment un produit de consommation courante. Même si c'est un plat local, les gens n'en cuisinent pas très souvent, et la plupart du temps, ils les achètent au détail chez le boucher. Nous travaillons surtout pour le tourisme. On rapporte de Caen un bocal de tripes, comme une Tour Eiffel de Paris ! Nos produits sont présents en grandes surfaces, mais aussi dans les boutiques des stations d'autoroute et de produits régionaux, à côté des cartes postales de vaches et des biscuits du Mont-Saint-Michel.

— Et malgré ça... ? compatit Gabriel.

— Malgré ça nous avons du mal à équilibrer les comptes.

— Vous n'avez pas tenté de diversifier votre production ?

— Si, c'est bien le problème. L'année dernière nous avons lancé une fricassée d'escargots au caramel de beurre salé. Un échec terrible.

— Vraiment ? Trop créatif pour des palais non initiés, j'imagine… gargouilla Gabriel dont l'estomac menaçait de se révolter bruyamment.

— Quoi qu'il en soit, est-ce que vous avez une idée du coût d'installation d'une nouvelle ligne de production ? Et je ne parle pas des contrats avec les fournisseurs des matières premières… Bref, je suis à deux doigts de déposer le bilan, alors après tout, si votre article pouvait me faire un peu de publicité… mais je vous avoue que je n'y crois plus vraiment. Ce qu'il faudrait, c'est un changement politique radical pour espérer redresser notre économie et notre pays. Vous n'imaginez pas à quel point nous sommes étranglés par les taxes et les réglementations !

— Et votre comptable partage votre pessimisme ?

— Je gère moi-même la comptabilité. Excusez-moi… fit Delamarre en décrochant le téléphone qui venait de les interrompre.

— Allô … oui, bonjour madame, en quoi puis-je… non, personne n'a pris contact avec moi... du siège parisien, vous dites ? ... il n'a jamais été question de ça... écoutez, je ne peux pas vous parler plus longtemps, je suis en rendez-vous, mais je me renseigne et je vous rappelle aussitôt ... c'est ça ... oui, à bientôt.

Gabriel avait vu le visage de Delamarre se durcir au cours de la conversation téléphonique, ce qui ne laissait rien augurer de bon. Il semblait bien que sa couverture risquât de s'effilocher plus rapidement que prévu, il ne faudrait pas bien longtemps pour sauter de Lacaille à Lavoinée et là, les choses risquaient de se compliquer nettement. Un petit test ne serait peut-être pas du luxe.

— Accepteriez-vous de me faire visiter votre entreprise ?

Delamarre qui contemplait le téléphone qu'il venait de raccrocher reporta son regard sur Gabriel, avant de détourner les yeux en se levant. Cela ne dura qu'un instant, mais Gabriel n'aima pas, mais pas du tout ce qu'il y lut.

— Vous m'excuserez monsieur euh... Lavoinée, mais je dois interrompre notre entretien, une affaire urgente... Mais revenez demain, si vous êtes encore parmi nous, et je me ferai un plaisir de vous montrer notre chaîne de production. Vous ne m'en voudrez pas de ne pas vous raccompagner.

Gabriel sentit un frisson bien connu lui parcourir l'échine, celui qui précède les tempêtes. Il avait visiblement mis un coup de pied dans la fourmilière, il ne restait plus qu'à attendre pour voir dans quelle direction allaient courir les bestioles affolées. Il sortit du bureau, fit quelques mètres dans le couloir, revint sur ses pas et ouvrit brutalement la porte. Delamarre sursauta en décollant son portable de son oreille, l'air furieux. Gabriel le bien-nommé prit un air angélique :

— Excusez-moi, vous êtes au téléphone… rien d'urgent, il m'était venu une idée, mais je vous en parlerai demain.

Il claqua la porte, quitta les locaux à toute vitesse. Les pneus de la Mini crissèrent quand il sortit de la cour de l'usine. Un 4x4 battant pavillon en queue de renard lui colla aussitôt au train. Et voilà, pensa Gabriel, les affaires reprennent ! Ça sent la baffe à tire-larigot. Pas la peine de chercher bien loin pour deviner qui Delamarre venait d'appeler… Il songea au Beretta qui dormait sagement à l'hôtel au fond de son sac de voyage… un vrai débutant ! Partir sans biscuits sur la piste de suffisamment méchants pour étriper du notable… alors un horsain comme lui, il préférait ne pas imaginer le sort qu'ils lui réservaient. Parce qu'ils étaient deux : le 4x4 le collait suffisamment pour qu'il distingue les deux occupants dans son rétroviseur. Des teigneux à poil ras, apparemment, et si Gabriel ne pouvait encore jurer que c'étaient eux les bouchers du grand maître, ils étaient en tout cas assez tarés pour prendre leur pied à dépecer du renard. Jugeant le rapport de forces trop déséquilibré pour un céphalopode quinquagénaire et désarmé, il décida de différer la confrontation et accéléra. Les deux affreux ne l'entendaient pas de cette oreille, le respect de leurs aînés ne devait pas les étouffer. Dans un ronflement de moteur, le 4x4 vint percuter l'arrière de la Mini qui fit un bond de grenouille, assez ridicule. La tête de Gabriel heurta le haut du pare-brise. Se faire castagner, il avait l'habitude, mais risquer de rendre à Angela sa voiture façon César, pas question ! Quand faut y aller… se dit-il, puisant dans son stock de sagesse populaire à deux balles. Une aire de pique-nique était signalée, il s'y engouffra et, parce qu'il avait vu de nombreux films, il attrapa le frein à main. La Mini fit un tête-à-queue et se retrouva nez à nez avec le 4x4 qui pila pour éviter le choc frontal. Gabriel descendit, l'air dégagé pendant que les deux autres faisaient claquer leurs portières. Un gros balaise et un petit nerveux. Le premier ne devait pas avoir inventé l'eau tiède à voir le vide méchant de ses petits yeux porcins, perdus dans les plis de sa face bouffie. Le second avait le regard vif, mais d'une sale vivacité vicieuse et le petit sourire en coin qui plissait sa bouche tenait plus du rictus sadique que de celui de Miss Normandie. Tous les deux portaient une coupe de cheveux qui aurait fait passer un béret vert pour un beatnik, mais qui rendait parfaitement lisible leur tatouage : de derrière l'oreille jusqu'au bas du cou, un poignard transperçait un crâne couronné de barbelés.

— Alors les gars, vous avez un constat ou je sors le mien ? Mais autant vous prévenir, vous êtes bons pour le malus. J'espère que vous êtes bien assurés parce que choc à l'arrière et non-maîtrise du véhicule, vous êtes 100 % en tort !

— Tu vas fermer ta gueule, connard ! grogna la brute qui s'approcha en tapotant sa paume gauche avec un manche de pioche à la patine inquiétante.

— Restons courtois, tenta Gabriel, c'est écrit sur les constats. Vous ne voulez vraiment pas qu'on règle ça à l'amiable ?

— Ta gueule, j'ai dit !

— Attends Paulo, intervint le petit teigneux, j'aimerais bien que monsieur le fouille-merde nous dise qui il est et ce qu'il fout dans le coin, pendant qu'il peut encore parler.

— C'est ça, présentons-nous... Moi c'est Hippolyte Lavoinée, et vous ? Paulo et... je n'ai pas bien saisi le nom du nabot ?

— Dis, Frankie, tu veux que je commence à cogner ? supplia le gros lard.

— Ah ! Frankie... c'est charmant ! barouda Gabriel.

— C'est ça, fais le mariolle ! grimaça le dit Frankie. Et toi aussi Paulo, ferme-la !

— Qu'est-ce qui embête tant le Tripier Conquérant pour qu'il lâche les chiens ? C'est parce que je suis allé un peu cuisiner la veuve de son comptable ? C'est un jaloux ? Mais il faut le rassurer ! Pas du tout mon genre la pouf\iasse clinquante.

Malgré les apparences, Paulo était un rapide et Gabriel n'eut pas le temps d'esquiver le premier coup qui le faucha au niveau des hanches et le mit à genoux. Dans cette position, il aurait presque pu regarder Frankie les yeux dans les yeux, si ce dernier n'en avait profité pour passer derrière lui et lui envoyer dans le dos un coup de ranger qui lui fit mordre la poussière.

— Alors Ducon ? Tu vas nous dire qui t'envoie ou on en remet une couche ?

— Vous ne me croiriez pas... s'essouffla Gabriel, qui tentait un rétablissement sur les avant-bras.

— Vas-y, Paulo, chatouille-lui les côtelettes.

Quand le bout ferré de la botte s'enfonça dans ses côtes avec un craquement sinistre, Gabriel estima que Paulo devait au bas mot chausser du 46, et s'estima heureux de n'avoir eu droit qu'aux chatouilles et de porter une veste assez rembourrée.

— Attendez les gars, je vais vous dire...

Un autre coup lui coupa le souffle et la parole. Sa phrase se perdit dans un grognement de douleur.

— Paulo, laisse parler le monsieur !

La brute se figea, le pied en l'air avant de le reposer, l'air boudeur.

— C'est un ami, spécialiste du pied de porc…

Frankie soupira, Paulo n'attendait que ça pour repartir à la charge. De la main gauche, il attrapa par le colback Gabriel, qui se sentit soulevé comme s'il ne pesait pas plus qu'un sac de linge sale, et son point droit vint s'encastrer dans l'estomac du Poulpe avec la force d'un trente-cinq tonnes.

— Je crois qu'on ne tirera rien de lui, fit Frankie avec un sourire carnassier. Amuse-toi un peu, mais ne me l'achève pas complètement… Je m'en chargerai, ajouta-t-il en sortant un couteau de chasse de l'étui qui pendait à sa ceinture.

— Ben oui, comme d'hab… merci Frankie !

Le monstre, qui n'avait pas lâché Gabriel, exprima sa joie par un aller-retour de baffes monumentales qui vinrent s'écraser sur les lèvres poulpeuses. Gabriel avait beau avoir le cuir tanné par toutes les raclées reçues au cours de ses aventures, il faut bien avouer que là, il dérouillait sévère. Entre deux torgnoles et ses paupières gonflées, il put voir que Frankie avait fini de se curer les ongles avec la pointe de son couteau et commençait à s'impatienter.

Paulo, lui, n'avait pas l'air de s'ennuyer, et pour varier les plaisirs, il prit son élan et lui envoya un méchant coup de boule. Gabriel réussit à sauver son nez en tournant la tête, mais l'arcade éclata comme un fruit trop mûr. Il était temps, pria-t-il, qu'intervienne le deus ex machina qui lui permettrait d'être le héros du prochain volume. Il se manifesta sous l'apparence d'un break qui déboula sur le parking et se gara à une vingtaine de mètres. Une jeune femme en descendit précipitamment pour extirper un marmot de la banquette arrière. Elle le déculotta et se pencha au-dessus de lui pour l'aider à se soulager sans inonder ses chaussures neuves. Cette scène touchante détourna un instant l'attention des deux affreux et Gabriel saisit sa chance. D'une torsion, il se dégagea de l'emprise de Paulo, et histoire de ne pas finir la partie fanny, il mit ses dernières forces dans un tir au but qui atteint la brute à l'entrejambe, avant de s'effondrer sur le sol. Paulo poussa un cri aigu qui fit se retourner la mère attentionnée. Le gamin remontait son pantalon, elle fit quelques pas en direction des trois hommes, avant de battre en retraite en sortant son portable.

— Allez, Paulo, on se tire, hurla Frankie, ça sent mauvais et toi t'inquiète, on te retrouvera.

Le 4x4 démarra en trombe et Gabriel se traîna jusqu'à la Mini. Les contorsions qu'il dut faire pour se caser dans le petit habitacle lui arrachèrent une bordée de jurons douloureux. Le break le dépassa et il put voir sa conductrice parler avec agitation dans son portable. La maison poulaga risquait de s'inviter sous peu, son arcade ouverte pissait le sang et il la sentait gonfler à grande vitesse. Bientôt il ne pourrait plus ouvrir l'œil. Autant de raisons de mettre les bouts rapidement.

CHAPITRE 8

— Aïe !

Angela venait d'appliquer un sac de glaçons sur la tête d'un Gabriel ridiculement affublé d'un peignoir dont les manches s'arrêtaient aux coudes.

— Tu es sûr que tu ne veux pas que je te conduise aux urgences ?

— Non. C'est juste une question d'habitude, je t'assure, grimaça-t-il en se recalant contre les oreillers. À part une radio qui montrera une fêlure de plus sur une côte, ils ne feront pas mieux que toi.

Il faut dire qu'Angela avait été efficace. Quand Gabriel était arrivé chez elle à l'état de serpillière sanglante, elle l'avait poussé sous la douche avant de lui poser un bandage serré sur le torse et des strips sur l'arcade sourcilière. Maintenant, elle revenait avec une blanche de la brasserie de l'Odon, à la robe étonnamment blonde, mais à la saveur fraîche et acidulée d'une blanche, juste ce qu'il fallait pour finir de le retaper. Magnanime, elle le laissa vider la moitié de son verre avant de reprendre.

— Et j'imagine qu'il n'est pas question non plus d'appeler la police ?

— Comme tu dis, je veux avoir les coudées franches, surtout que là, j'en fais une affaire personnelle que je veux traiter à ma manière. Plus tard on verra, quand ils n'auront plus qu'à ramasser les morceaux.

— Enfin bon, pour l'instant, c'est plutôt toi qui es en morceaux et moi qui ramasse ! Tu me dois au moins quelques explications, tu ne crois pas ?

— Écoute, Angela, pour ta voiture, je suis désolé, mais je te promets que je vais faire changer le pare-chocs arrière…

— Tu as plutôt intérêt, coupa-t-elle, je commence tout juste à la payer ! Mais on verra ça plus tard, ce n'est pas ça qui me préoccupe pour l'instant. Qui étaient ces types ?

— Ça, c'est toi qui vas me le dire ! Des affreux comme ça ne doivent pas passer inaperçus dans le coin. Deux blaireaux qui roulent en 4x4 avec une queue de renard comme fanion, un gros balèze abruti et un petit teigneux sadique, Paulo et Frankie.

— Les frères Chevillard… Fais gaffe Gabriel, ils sont dangereux.

— Je m'en suis aperçu, figure-toi ! Ils n'étaient pas là pour rigoler, mais bien pour me faire la peau. Et d'après ce que j'ai compris, je ne dois pas être le premier.

— Tu crois que ce sont eux qui ont tué Leveau ?

— Ça ne m'étonnerait pas. Frankie faisait joujou avec un couteau de chasse qui n'a pas dû tremper que dans des entrailles de sanglier. Qu'est-ce que tu peux me dire sur eux ?

— Ils gèrent une ferme pas très loin, un refuge pour animaux maltraités.

— Tu rigoles ? Des défenseurs des animaux ces deux tarés ?

— Méfie-toi, Franck est loin d'être idiot. Il a été mêlé à des affaires pas claires dans un groupe d'extrême droite il y a quelques années.

Un sourire gourmand découvrit les dents de Gabriel :

— Ah ! me voilà en terrain connu, ça faisait longtemps que je n'avais pas bouffé du facho.

— Ce n'est pas si simple, la police s'est intéressée à lui un moment, mais il s'en est toujours sorti.

— Protégé ?

— Peut-être. Je pourrai rechercher des infos là-dessus si tu veux.

— Et comment ! Ils étaient là quand je suis sorti de chez la veuve Martineau et me sont tombés dessus après ma visite à Delamarre. Il venait de les appeler, j'en suis presque sûr.

— Mais pourquoi ? Quel est le lien entre eux ?

— J'ai ma petite idée, mais il va falloir creuser un peu. La veuve m'a raconté que le salaire de Martineau avait doublé et pourtant Delamarre affirme qu'il est au bord du dépôt de bilan.

— Martineau le faisait chanter ?

— On dirait bien, reste à savoir ce qu'il avait découvert.

— Delamarre en a eu assez de payer, continua Angela, et Martineau est mort dans un accident vraiment providentiel...

— Mouais, et la main de la providence, on sait au bout de quel bras la trouver.

— Et Leveau ? Qu'est-ce qu'il vient faire dans tout ça ?

— Ça, je ne sais pas encore, mais il y a quelque chose qui les relie.

— Eh, attends une seconde ! Tu te rappelles que je t'ai dit que j'avais assisté aux obsèques de Martineau ?

— Oui, et que Nemery avait encore fait dans le lyrique…

— C'est ça ! mais ce que je ne t'ai pas dit, c'est que Delamarre et Leveau y étaient aussi et qu'en partant ils se sont empointés plutôt violemment sur le parking du cimetière.

— Ah ! ça c'est intéressant ! s'enthousiasma Gabriel. Et tu as pu entendre ce qu'ils disaient ?

— Non, j'étais trop loin, et sur le coup je n'y ai pas vraiment prêté attention, il n'y avait pas de raison… ce qui est sûr, c'est que Leveau est parti en claquant sa portière au nez de Delamarre et en le laissant planté là, plutôt fâché !

— Eh bien voilà, on a une autre piste à suivre. Les affaires ne se présentent pas si mal.

— Tu as bien dit « on » là ? fit Angela en plantant ses yeux dans ceux de Gabriel. Je ne vais même pas être obligée de me battre pour que tu ne la joues pas en solo ? Je m'étais préparée à plus de résistance !

— Je ne vais pas me priver des services d'une journaliste efficace comme toi. Je te fais confiance pour aller fouiller dans le passé de tout ce beau monde et trouver les liens qui manquent. Mais tu l'as dit toi-même, ces gars-là sont dangereux, alors tu t'occupes des recherches, mais les opérations de terrain, c'est pour moi. Ça colle mieux à ton scénario cette répartition des rôles ?

— Ouais, disons que je peux m'en accommoder dans un premier temps, parce qu'effectivement je suis la mieux placée pour aller à la pêche aux infos. Mais toi, qu'est-ce que tu vas faire ?

— Tiens, attrape le livre qui est dans ma veste, s'il te plaît.

Elle vint s'asseoir sur le lit, tout près de Gabriel et lui tendit le Rabelais de poche. Il l'ouvrit à une des nombreuses pages cornées :

— Gargantua, chapitre 27, la guerre picrocholine. Le Frère Jean des Entommeures défend sa vigne contre les pillards, écoute : *Aux uns il écrabouillait la cervelle, aux autres il rompait bras et jambes, à d'autres il démettait les vertèbres du cou, à d'autres il disloquait les reins, effondrait le nez, pochait les yeux, fendait les mandibules, enfonçait les dents dans la gueule, défonçait les omoplates, meurtrissait les jambes, dégondait les hanches, mettait les os des membres en pièces...* Moi, ça me va bien comme programme !

— Effectivement, peut-être un peu brut de décoffrage, mais c'est un bon programme, ironisa-t-elle. Et que dirais-tu d'un peu de douceur avant le déchaînement de toute cette violence ?

Elle le débarrassa du livre, se serra contre lui et promena ses doigts sur son front, son arcade amochée, son nez épargné, sa bouche tuméfiée... Gabriel mordit à l'hameçon et croqua les doigts aventureux. Il cherchait désespérément dans sa mémoire un passage de Rabelais qui pût illustrer l'évolution de la situation, mais le seul dont il se souvenait était celui où Panurge affirme qu'il n'y a *qu'une antistrophe entre femme folle à la messe et femme molle à la fesse*. Angela le chevauchait maintenant, et il sentit combien la citation était inappropriée. Il sentit également qu'il était inutile de résister, il savait que ce chapitre était écrit depuis leur rencontre au cimetière, et tout son corps meurtri n'aspirait qu'à oublier ses douleurs sous les caresses d'Angela. Il desserra les dents pour libérer les doigts prisonniers et accueillir dans sa bouche la langue de la jeune femme.

CHAPITRE 9

Cent trente vaches et une vingtaine de moutons retirés d'une exploitation près d'Yvetot sur ordre des services vétérinaires pour mauvaises conditions de détention, privation de nourriture et absence de vaccination ; une trentaine de bovins confisqués dans le Jura ; un cheptel entier dans les Pyrénées ; une cinquantaine de chevaux saisis dans l'Orne pour privation de nourriture encore et absence de registre d'élevage ; un troupeau arraché à un champ de boue où il menaçait de s'enliser : tout cela en quelques mois seulement. Gabriel n'aurait jamais imaginé le nombre d'animaux dont les propriétaires s'étaient vus dépossédés sur ordre de l'inspection des services vétérinaires. Des vaches et des taureaux échappés des abattoirs, rattrapés par les gendarmes et finalement rachetés par des associations pour leur permettre de finir leur vie dans un refuge. Les articles qualifiaient régulièrement ces évadés de « rebelles », refusant leur destin de steak et tentant de s'y soustraire dans une fuite désespérée. Tout cela puait l'anthropomorphisme complaisant, il y était question de « couloir de la mort », de « gracier » l'animal qui s'en était échappé, alors que, bien souvent, ceux qui militaient ainsi pour la cause animale étaient les premiers à hurler pour le rétablissement de la peine de mort au premier fait divers exploitable.

Depuis qu'il avait lancé sa recherche sur la Ferme des Verts Pâturages des frères Chevillard, Gabriel enchaînait les pages web et naviguait sur les eaux troubles des associations de protection des animaux. Il s'intéressait particulièrement à l'OABB, Organisation d'Assistance aux Bêtes de Boucherie, dont les Verts Pâturages était une des fermes d'accueil, de celles qui constituaient le Troupeau de l'Espoir. C'est dans ce troupeau, vitrine de l'organisation, qu'échouaient les bestiaux maltraités que l'OABB avait pris en charge. Les photos bucoliques pullulaient, offrant le spectacle de bovins au poil luisant et au mufle brillant, batifolant au milieu de grasses prairies sous un soleil printanier et des pommiers en fleurs. En vedette, la doyenne du troupeau, une limousine de vingt ans, aux grands yeux humides. Un jardin d'Eden savamment mis en scène pour contraster avec d'autres images censées plonger l'internaute dans l'enfer des abattoirs. Sauf que… il n'avait fallu que quelques clics supplémentaires à Gabriel pour s'apercevoir que le cheval de bataille de l'OABB n'était pas l'abattage du bétail, mais l'abattage rituel pour l'obtention de la certification halal. Ce n'était pas la seule organisation de protection des animaux à donner dans l'islamophobie. La vieille Brigitte en particulier ne faisait pas mystère de sa sympathie pour le FN et défrayait régulièrement la chronique pour ses prises de positions tout en nuances. En suivant un lien, il tomba sur son tweet du 15 octobre 2013, jour de l'Aïd, où elle parlait de « l'immonde sacrifice rituel musulman » et de ceux qui « petit à petit nous imposent leurs coutumes barbares, sanglantes et écœurantes ». Pas étonnant que, dans sa bouche et dans celle de ses zélateurs, revienne comme un leitmotiv le terme de *croisade* pour la défense des animaux.

Gabriel poussa un gros soupir écœuré. Il aurait bien envoyé paître tous ces fanatiques. Qu'on soit encore à cheval sur des tabous alimentaires reposant sur le mode d'abattage lui hérissait le poil, comme toutes les superstitions religieuses, mais qu'on utilise la cause animale pour véhiculer des discours d'intolérance, de xénophobie, ça, ça le mettait en boule. Il se leva et alla prendre une bière dans le frigo, histoire de détendre ses nerfs qui commençaient sérieusement à se nouer. Angela était partie au journal de bon matin et lui s'était offert une grasse matinée réparatrice. Maintenant il se sentait gonflé à bloc, rajeuni de vingt ans même, et il lui tardait d'aller rendre la monnaie de leur pièce aux deux péquenauds des Verts Pâturages. Il lui restait quand même un ou deux points à vérifier. Ses côtes encore endolories avaient pris la mesure de ce qui l'attendait, il n'allait pas s'embarquer à la légère. Sa mousse à la main, il retourna à l'ordinateur et cliqua sur le lien d'une interview donnée par le président de l'OABB. Il se trouva propulsé sur le site d'une association de l'extrême droite décomplexée, une de celles qui ne s'embarrassent pas d'euphémismes, ni ne cherche à farder ses chancres sous une rhétorique de respectabilité et dédiabolisation. Sous couvert de lutter pour la laïcité, c'était un tissu de répugnants articles racistes, d'appels à des « apéritifs républicains » saucisson-pinard et à des « banquets gaulois », à des manifestations contre l'immigration et des conférences sur « les dangers du halal », sans oublier les diatribes homophobes contre le mariage pour tous. Le tout épicé de brèves tellement racoleuses et outrancières qu'elles auraient pu prêter à rire si elles ne rencontraient pas une audience, et de publicités pour des livres dont les titres auraient pu tomber sous le coup de la loi contre l'incitation à la haine raciale. Même si le contenu de l'interview restait relativement mesuré, le simple fait d'accepter de frayer avec un mouvement aussi ouvertement islamophobe en disait long sur l'OABB.

Gabriel ralluma son portable, Angela devait l'appeler pour le tenir au courant de ses recherches. L'appareil bourdonna puis émit une sonnerie l'avertissant qu'il avait reçu dix SMS de Gérard. Il effaça le tout sans prendre la peine de chercher à déchiffrer ce qu'il imaginait être d'abscons rébus phonétiques. Toujours aucune nouvelle de Cheryl. Il composa son numéro pour tomber directement sur sa messagerie, une fois de plus. Après tout, grand bien lui fasse si elle était partie en goguette. Il n'était pas en position de lui donner de leçons, ne l'avait jamais fait et n'avait aucune envie de commencer. Leur improbable couple tenait bon, avec des hauts et des bas, des épisodes fusionnels et des prises de distance, et cela depuis… il ne savait même plus depuis quand ! « A trop tenir le compte des années qui passent, on vieillit plus vite, se dit-il. Tiens, voilà une idée à soumettre à Daniel. » La sonnerie du portable brisa ses élans philosophiques, le nom d'Angela s'afficha.

— Gabriel ?

— Tiens, mon ange est là !

— Bravo ! rit-elle. On ne me l'avait jamais faite celle-là ! Tu me déçois Gabriel.

— Oui, bon, bougonna-t-il piteux. Je viens de me taper une descente aux enfers sur des sites de fachos et je crois que j'avais envie d'entendre une douce voix séraphique.

— Eh bien désolée, j'ai oublié ma harpe et mon auréole. Mais je me suis baladée sur le net et j'ai passé quelques coups de fil…

— Et ?

— Et j'ai trouvé le lien entre Delamarre et Leveau. Ils étaient ensemble en terminale et en première année de médecine. Leveau a continué en pharmacie et Delamarre a décroché. Apparemment, il ne s'était inscrit que pour flatter les ambitions paternelles et a complètement planté son année. Il a ensuite traîné quelque temps en école de commerce avant de rentrer dans la boîte à papa et de faire ce qu'on appelle un beau mariage. Il y a six ans, à la mort de son père, il a repris la direction de l'entreprise familiale et il a divorcé.

— D'accord, mais ça remonte à une bonne trentaine d'années ces amitiés de potaches, tu n'as rien de plus récent ?

— Non, désolée, répliqua Angela audiblement vexée.

— Excuse-moi ! c'est déjà bien de savoir qu'entre eux c'était une vieille histoire. Tu as le temps de venir manger un sandwich en ville avec moi ? tenta Gabriel, histoire de se racheter.

— Non, s'adoucit-elle. Je dois te laisser, je pars en reportage à Bayeux pour l'après-midi. Le photographe m'attend déjà. Tu peux prendre la Mini, si tu veux, comme ça, tu feras faire toutes les réparations d'un coup si tu fais encore du rodéo.

— Tu ne crois pas si bien dire, je pense que je vais aller faire un tour du côté des vaches des Verts Pâturages cet après-midi.

— J'espère que je n'aurai pas à jouer à l'infirmière ce soir.

— Ça a pourtant son charme, mais je ne crois pas que ce sera nécessaire. Un poulpe averti a deux fois plus de tentacules. On trouvera d'autres jeux.

— Je te fais confiance, à plus tard.

— À plus tard.

Sur ces angéliques promesses, Gabriel attrapa sa parka et les clés de la voiture, claqua la porte de l'appartement d'Angela, sortit de l'immeuble situé non loin du château ducal et se dirigea vers le centre-ville. Un peu au hasard, il prit la rue Saint-Pierre à la recherche d'une brasserie accueillante où il pourrait enrichir ses connaissances en bières locales. De chaque côté de la voie piétonne se dressaient de hautes maisons à colombages et aux poutres sculptées, flanquées des inévitables sapins floqués et enguirlandés de saison. Leur rez-de-chaussée était occupé par quelques enseignes de luxe et par des chaînes sans surprise de mode et de décoration bobo. Toujours les mêmes, où qu'on aille, offrant leur bon goût d'autant plus standardisé à l'approche de Noël qu'il ne s'agit pas de rigoler avec les clichés. Les vitrines exhibaient des mannequins en courtes robes noires lamées et pailletées, les angelots dorés pullulaient au milieu de la vaisselle de fête et les chocolatiers sortaient le grand jeu des packagings givrés. « Décidément, pensa Gabriel, le métier de touriste devient compliqué avec tous ces centres-villes qui se ressemblent. Et même pas un troquet digne de ce nom dans le quartier ! » Comme une consolation, sur sa droite, percée à l'ombre de l'église Notre-Dame-de-Froide-Rue, s'ouvrit la rue du même nom. Étroite, pavée de neuf, mais ayant conservé son ruisseau central, elle s'enfonçait entre de vieilles maisons en épousant la courbe de l'église. Un panneau de l'office du tourisme apprit à Gabriel qu'elle était devenue, à partir du XVe siècle, la rue des nombreux imprimeurs de Caen. Une ville d'imprimeurs ne pouvait pas être fondamentalement décevante, se rassura-t-il, et il s'y engagea. Sous de grandes arcades de pierre, annoncées par des enseignes suspendues, les boutiques s'offraient aux flâneurs, pleines de couleurs et de diversité. Même s'ils n'y étaient plus imprimés depuis belle lurette, les livres restaient ici chez eux. Gabriel ne croisa pas moins de trois magasins de BD indépendants et plus encore de librairies, spécialisées ou non, d'occasion ou non, certaines proposant des bars de lecture. La façade de l'une d'elles, dédiée à la littérature de jeunesse, entièrement peinte, donnait l'impression d'entrer au cœur même d'un livre de contes de fées aux naïves illustrations. L'octopode bibliophile se sentait dans son élément au milieu de toute cette encre. Il eut une nouvelle pensée pour Pedro qui aurait pu donner des leçons d'éloquence à Gérard lorsqu'il se lançait dans ses philippiques préférées contre les supermarchés du livre et les ogres de la vente en ligne. Le nez collé sur la vitrine d'un bouquiniste, il se demandait s'il allait s'accorder le temps d'une exploration dans ce labyrinthe de piles de livres, quand une main se posa sur son épaule. Dans la vitre, le reflet de Daniel vint se superposer aux empilements scabreux de vieux bouquins. Gabriel vit les yeux du clodo se promener sur son visage post-cubiste.

— Eh ben mon, gars… siffla-t-il, tu t'es fait embaucher comme punching-ball dans une salle de sport ou quoi ? T'es drôlement arrangé.

— Penses-tu, j'ai juste dû un peu trop forcer sur le fard à paupières en me maquillant ce matin…

— Ouais, ça doit être ça… à moins que tu n'aies pas écouté les conseils de Daniel. Je t'avais prévenu que tu ne savais pas où tu mettais les pieds.

— J'ai parfois du mal à comprendre du premier coup, surtout que la dernière fois, je n'étais plus très frais. Alors je t'offre une bière et tu me réexpliques tout ça, proposa Gabriel en sautant sur l'occasion.

— Une Embuscade ?

— Comment ça une embuscade ? Il n'y a pas de piège, je t'assure, le rassura Gabriel en le prenant par le bras.

— Mais non, espèce de Parigot ! L'Embuscade c'est un cocktail à base de bière, de calva, de vin blanc et d'un trait de sirop. Le plus souvent, c'est de la grenadine, mais le cassis, ça marche aussi ! C'est pas mal en apéro. C'est l'heure, non ?

— Et comment ! rigola Gabriel. Heureusement que tu es là, j'ai failli passer à côté de ça !

Daniel les conduisit dans un bar où l'Embuscade se tirait à la pression. Ils s'installèrent dans un coin au fond de la salle et Gabriel commanda des sandwichs avec leurs demis. Daniel semblait agité et mâchonnait son jambon-beurre avec nervosité. Il finit par demander :

— Alors, qui est-ce qui t'a mis dans cet état ?

— Deux pithécanthropes tatoués au volant d'un 4x4, ça te cause ?

Daniel reposa son sandwich d'un air dégoûté, sécha son demi pourtant à peine entamé et se perdit dans la contemplation silencieuse du fond de son verre vide. Si le Poulpe est plus calé en mandales qu'en psychologie, il sait toutefois reconnaître les moments où il vaut mieux ne pas brusquer les choses. Il fit signe au serveur qui leur apporta une deuxième tournée.

— À la tienne ! fit-il pour tirer Daniel de son apathie.

La manœuvre opéra puisque l'autre releva la tête et fixa Gabriel.

— Écoute mon gars, on ne se connaît pas beaucoup, mais je t'aime bien et ça m'embêterait qu'il t'arrive des choses bien pires que ça. Alors crois-moi, le mieux que tu puisses faire, c'est de finir ta bière et de monter dans le premier train pour Paris.

— Effectivement, tu ne me connais pas bien : moi aussi je t'aime bien, mais tu pourras dire tout ce que tu veux, je ne partirai pas avant d'avoir eu le fin mot de l'histoire et d'avoir réglé mes comptes. Ce n'est pas dans mes habitudes d'encaisser sans rendre la monnaie de la pièce, et avec le pourboire en plus ! Alors le mieux que tu puisses faire, toi, si tu veux m'éviter de nouveaux ennuis, c'est de me dire tout ce que tu sais…

Daniel avait écouté d'un air distrait, il était clair qu'il réfléchissait à ce qu'il allait dire ou pas. Finalement, il avala une grande lampée d'Embuscade et commença sur un ton monocorde et comme étonnamment détaché.

— J'ai toujours été bon élève, « un enfant sensible » disaient mes instituteurs, un peu rêveur. J'étais timide et même plutôt introverti. Toujours en marge du groupe, je ne me retrouvais pas dans les jeux des autres garçons. J'ai bien essayé de courir après un ballon pour faire comme tout le monde, mais je n'étais bon à rien et ça m'ennuyait profondément. Je n'osais pas non plus aller jouer avec les filles, ça ne se faisait pas et de toute façon elles ne m'auraient pas plus accepté. Alors la plupart du temps, je restais tout seul dans mon coin avec un bouquin ou simplement à rêvasser. Après s'être moqués de moi, les autres gamins ont fini par m'ignorer et me laisser tranquille, à faire comme si je n'existais pas et ça m'allait très bien. Les choses ont commencé à se gâter au collège. Les hormones qui s'affolent rendent les collégiens cruels. J'ai survécu en m'isolant encore un peu plus dans le travail et la lecture et en pensant que le lycée serait plus facile. C'était vrai, d'autant qu'avec tout ce que j'avais lu, j'étais plutôt en avance.

Daniel marqua une pause et vida son verre. Gabriel se taisait, attendant qu'il reprenne.

— Enfin, c'était vrai jusqu'en terminale. Là, je me suis retrouvé dans la classe de Leveau et Delamarre. Deux jeunes loups arrogants, de deux grandes familles bourgeoises de Caen, pleins de fric et de mépris, des gars dont la vie est tracée à la naissance. Moi, j'étais d'un milieu modeste, je manquais d'assurance et j'avais l'adolescence plutôt torturée. Je commençais à me sentir plus attiré par les garçons que par les filles et à me dire que finalement tous ceux qui me traitaient de fiotte ou de pédale n'avaient peut-être pas tort. Parmi ceux-là Leveau et surtout Delamarre s'en donnaient à cœur joie. Je suis vite devenu leur tête de Turc. Et je ne pouvais en parler à personne, j'avais fini par me sentir coupable de ce qu'on me faisait subir et la société à l'époque était moins tolérante que maintenant. Celle qui m'a permis de tenir le coup, c'est ma prof de philo, madame Debellegarde. Elle avait senti ma fragilité et je restais souvent discuter un moment avec elle à la fin des cours. Même si nous n'avons jamais abordé de sujets personnels, j'espérais trouver dans la philosophie des réponses aux questions que je me posais sur mon identité et ce qui m'arrivait. C'est elle qui m'a maintenu sur les rails cette année-là, en me recadrant quand j'avais déjà tendance à déraper un peu, toujours sans me juger. Quand je lui ai parlé d'entrer en fac de médecine, elle m'a mis en garde sur la pression des études mais elle m'a fait confiance.

Il manquait encore quelques éléments, mais Gabriel voyait se dessiner le tableau et redoutait d'entendre la suite. Il profita de la nouvelle pause de Daniel pour commander des blondes. Trop sucrée, l'Embuscade à haute dose menaçait de devenir écœurante.

— Écoute, Daniel, tu n'es pas obligé...

— Ah non ! Tu m'as replongé là-dedans, alors maintenant tu te tais et tu m'écoutes jusqu'au bout !

Gabriel se tut, planta ses yeux dans ceux de Daniel avant que celui-ci fixe à nouveau son verre en reprenant.

— Delamarre et Leveau sont aussi entrés en première année de médecine. Delamarre n'avait ni la vocation, ni les moyens de réussir. Pour lui, c'était plus une sorte d'année sabbatique. Comme les cours ne l'occupaient pas beaucoup, il s'est cherché d'autres distractions en plus de la drague. Il a fondé une sorte de société secrète, « La Fraternité Viking », où il a entraîné Leveau. Leveau a toujours été influençable, un faible à la remorque de Delamarre. Lui n'avait pas de scrupules et suffisamment d'aplomb et d'argent pour en imposer aux imbéciles. La Fraternité Viking était un ramassis de jeunes bourgeois en manque de frissons, tout excités à l'idée de se réunir en secret et d'agiter une idéologie extrémiste, un amalgame de thèses fachos piochées un peu partout. Ça tenait du GUD, d'Ordre Nouveau et des Camelots du Roi à la petite semaine. À part Leveau qui l'a suivi, je ne crois pas qu'il ait eu beaucoup de succès en médecine, alors il a ratissé quelques paumés du côté de la fac de droit. Ça aurait pu se limiter à du grand guignol pathétique mais Delamarre a recruté deux frères pour jouer les gros bras.

— Franck et Paul Chevillard, glissa Gabriel.

— C'est ça, poursuivit Daniel sur le même ton distant. Je ne sais pas où il les avait rencontrés ces deux-là, pas à la fac en tout cas. Eux, ils ont pris leur rôle très au sérieux, tous les discours racistes et homophobes, tout ce qui peut être prétexte à castagner du bronzé ou à casser du pédé, ça les fait triper. Bref, un soir, ils m'ont suivi après les cours. Delamarre, Leveau et les deux Chevillard. Delamarre et Leveau se sont contentés de regarder pendant que les deux autres me tabassaient, tu sais comme ils peuvent être efficaces. Et puis, ils ont dit que j'étais un sale pédé mais qu'ils m'aimaient bien quand même, alors qu'ils allaient me donner ce que j'attendais…

— Je vois, grogna Gabriel, la gorge serrée.

— Tant mieux, parce que je n'ai pas l'intention d'entrer dans les détails. Quand ils sont partis, ils m'ont dit de la boucler, que sinon ils reviendraient et ne seraient pas aussi gentils. Je suis resté enfermé chez moi pendant une semaine, et puis j'ai quand même trouvé le courage d'aller voir le doyen de la fac. Il m'a écouté et m'a expliqué que les familles Leveau et Delamarre étaient respectées en ville, qu'un scandale ne serait bon pour personne, surtout pas pour moi et il a fini par me conseiller de reconsidérer ma poursuite d'études. Il a finalement dû avoir un petit entretien avec les bons notables, parce que je crois qu'on n'a plus entendu parler des Vikings après ça. Pour moi, le médecin a diagnostiqué une dépression sévère à cause du surmenage, accompagnée de symptômes schizophrènes. Et puis ma vie a continué sans que je m'en préoccupe vraiment, et j'en suis là.

Daniel attrapa son verre, le vida d'un trait et regarda de nouveau Gabriel.

— Voilà, tu sais tout et tu sais à qui tu as à faire. Maintenant, fais ce que tu veux, mais surtout, je ne veux pas voir de pitié dans tes yeux.

— Ce n'est pas de la pitié que j'ai, c'est de la haine pour ce genre d'ordures. Je te promets…

— Pas de promesses, je n'y crois plus beaucoup tu sais. Bon, je vais y aller maintenant. J'ai à faire. Merci pour les bières.

Daniel se leva brusquement et sortit. Gabriel lança un billet sur le zinc et fila le rejoindre dans la rue.

— Où tu vas comme ça ?

— Eh ! Tu ne vas pas jouer les nounous quand même ! Ça va, t'inquiète pas pour moi. Je vais aller rendre visite à Mathilde. Je l'ai un peu négligée la pauvre vieille, ces derniers temps.

— Mathilde ?

— Ben oui, la Reine, quoi ! La femme de Guillaume. Elle est enterrée à l'Abbaye aux Dames. Je vais papoter avec elle aussi de temps en temps. C'est calme et lumineux là-bas, bien plus que chez son mari. Tu devrais aller y faire un tour avant de partir, derrière l'abbaye, il y a un parc avec un cèdre du Liban. De là, on a une belle vue sur la ville.

CHAPITRE 10

La rage bouillonnait dans les veines de Gabriel. Il n'avait pas encore de plan très précis, mais ce qui était sûr, c'est que les frères Chevillard et Delamarre n'allaient pas sortir indemnes de l'ouragan qu'il se promettait de déchaîner sur ces salauds. Parce que même si Daniel n'avait pas voulu l'écouter jusqu'au bout, la promesse, il se l'était faite pour lui-même. L'ordonnance serait sévère et la note salée. Il était repassé à son hôtel le temps de récupérer le Beretta et roulait maintenant en direction des Verts Pâturages, à une vingtaine de kilomètres de Caen. Derrière les nuages, la lumière s'anémiait déjà. Le ciel s'alourdissait, prenant çà et là de lugubres teintes boyau-de-lièvre et pesant sur une campagne accablée par l'automne moribond. Les couleurs s'estompaient peu à peu pour se fondre dans une morne grisaille, comme si le paysage entier avait été passé à la mine de plomb. La plupart des prés étaient déserts, souvent minés de cratères boueux, pour avoir été trop piétinés avant que le bétail ne soit calfeutré dans les étables. Entre les arbres dépouillés, apparaissait parfois, au bout d'une allée, un manoir ou un corps de ferme isolé.

Gabriel sentait qu'à sa colère se mêlait insidieusement une profonde tristesse. Il frappa brutalement des deux mains sur le volant et accéléra pour chasser cette morosité d'une décharge d'adrénaline. Sans plus prêter attention au paysage délétère, il tâcha de se concentrer sur l'affaire et d'en organiser les éléments épars. Le lien était fait entre les principaux protagonistes : celui d'une ancienne complicité dont Daniel avait été la victime. Que le comptable ait fait chanter Delamarre semblait acquis, mais pour quelle raison ? Se pouvait-il qu'il ait eu vent de l'histoire de la Fraternité Viking et du viol de Daniel ? Par quel informateur ? Quant au Grand-Maître, l'altercation qui l'avait opposé à Delamarre et dont Angela avait été témoin pouvait bien avoir signé son arrêt de mort. Mais là encore, les motifs restaient obscurs. Peut-être Martineau faisait-il également chanter Leveau. S'il l'avait fait pour Delamarre, pourquoi s'en priver pour son complice ? Complice qui aurait refusé de payer, mettant du même coup toute la bande en danger. Il faudrait qu'il puisse interroger la famille de Leveau et mettre un peu son nez dans ses affaires pour en avoir le cœur net, mais l'entreprise risquait d'être nettement plus compliquée qu'avec la veuve Martineau. Celle du pharmacien, pour ce qu'il en avait vu au cimetière, serait difficile à approcher, il faudrait pour cela briser le cercle familial et déjouer la garde prétorienne des notables. Paulo et Frankie collaient tout à fait au rôle d'exécuteurs des basses œuvres, de leur côté la partie s'annonçait musclée. Gabriel avait quitté la départementale pour s'engager sur une petite route entre champs et bois. Comme le GPS annonçait «Vous êtes proche de votre destination», il repéra un chemin de terre qui s'enfonçait entre les arbres. Il y gara la Mini à l'abri des regards. La ferme se trouvait à quelques centaines de mètres. Il finirait le trajet à pied, pas question, cette fois, de mener une attaque frontale et suicidaire. Même s'il sentait avec bonheur le Beretta chargé alourdir sa poche, il voulait repérer les lieux et bénéficier de l'effet de surprise. Il longeait donc la lisière du bois, quand il entendit le bruit du moteur. Il se mit à couvert juste à temps pour voir passer à toute allure le 4x4 dans un nuage de terre. Malgré la vitesse, il put reconnaître les deux Chevillard. Les hyènes quittaient leur tanière, lui laissant opportunément les coudées franches pour sa visite domiciliaire. L'heure de la baston finale n'avait pas encore sonné. La vengeance, comme les tripes, est un plat qu'on peut réchauffer, se dit Gabriel en rejoignant le chemin et en prenant le pas de course en direction de la ferme.

En cette saison, les Verts Pâturages ne l'étaient que de nom et n'avaient rien de la carte postale bucolique qu'il avait vue sur le site de l'OABB. Les mauvaises herbes et les orties avaient colonisé le long des murs et poussaient en touffes éparses au milieu de la cour. Le corps de ferme s'organisait en un U aux ailes inégales. Le tas de bouteilles et de cannettes de bière vides près d'une porte à gauche laissait entendre qu'il s'agissait de la partie d'habitation et que les deux frères ne suçaient pas de la glace. Le bâtiment face à l'entrée tenait du hangar à engins et du fenil. L'aile droite aux larges portes de bois à glissière devait être une étable. Un peu en retrait, toujours sur la droite, Gabriel repéra un autre bâtiment agricole. Il se dirigea vers la porte aux bouteilles qu'il imaginait être celle de la cuisine. À la fenêtre, des rideaux en fausse dentelle, jaunis et raides de crasse interdisaient tout coup d'œil à l'intérieur. Il frappa donc à la porte, accompagnant son geste d'un tonitruant « Y a quelqu'un ? ». Il ignorait l'état civil des deux frères et rien ne disait qu'il n'y avait pas une bourgeoise dans les parages, même s'il avait du mal à croire que quelqu'un puisse être assez paumé ou désespéré pour partager la vie de ces brutes. Devant l'absence de réponse, il tenta d'ouvrir la porte qui évidemment résista. Gabriel jugea inutile de se démonter l'épaule sur son bois plein et, d'un coup de crosse du Beretta, fracassa un carreau de la fenêtre. Les éclats de verre s'écrasèrent dans la pièce en brisant le silence d'un son propre et net qui s'éteignit sans être suivi d'aucun bruit suspect dans la maison. Il passa son bras par le carreau cassé, attrapa la crémone et ouvrit les deux battants. Il enjamba le rebord de la fenêtre et se retrouva dans la cuisine. L'évier grisâtre débordait de vaisselle sale, comme la poubelle d'emballages de plats cuisinés et de boîtes de conserve. Les assiettes du déjeuner étaient restées sur la table, sans doute collées à la toile cirée poisseuse. Des rouleaux de papier tue-mouche noirs de cadavres de l'été se balançaient dans le courant d'air que Gabriel venait de provoquer. Au-dessus de la cuisinière, qu'il n'osa pas examiner de trop près, sur un vieux calendrier publicitaire de produits phytosanitaires, une pin-up en mini short imitation peau de vache soulevait ses deux mamelles à pleines mains. Il passa dans le couloir où donnait l'entrée et se pétrifia aussitôt : de ce qui devait être la salle de séjour provenaient des grognements et des cris féminins étouffés, ainsi que le bruit de claques sèchement appliquées. Il était pourtant presque certain d'avoir vu les deux frères dans le 4X4. Toujours est-il que, connaissant les individus, le Poulpe frémit aussitôt de toutes ses fibres chevaleresques à l'idée d'une troisième brute et d'une donzelle en détresse. Beretta en main, il ouvrit brutalement la porte de la pièce. Canapé et fauteuils défoncés au tissu râpé, auréolé de tâches douteuses, façon léopard. Table basse encombrée de verres culottés. Mais pas l'ombre d'une jouvencelle en fâcheuse posture, à moins de qualifier ainsi la blonde peroxydée qui couinait en se faisant prendre en levrette et bruyamment fesser au rythme des coups de boutoir que lui assénait de bon cœur un moustachu bodybuildé sur le grand écran du téléviseur. Gabriel soupira et envoya deux balles dans la télé, juste histoire de faire retomber la pression et de ramener le calme nécessaire à ses investigations. Paulo et Frankie avaient visiblement été appelés sur une affaire suffisamment urgente pour partir en laissant tourner un des DVD de leur impressionnante collection, soigneusement rangée sur des étagères dignes du rayon XXX des meilleurs sex-shops. Ignorant les grésillements d'agonie du matériel high-tech, il inspecta la pièce. Dans un coin, un bureau et des casiers à tiroirs. Il ouvrit le premier et attrapa un dossier où « OABB » était inscrit au feutre noir. Il y trouva des prospectus sur l'organisation et ses missions, qui ne lui apprirent rien de plus que ce qu'il avait pu lire sur le site internet, mais un sifflement lui échappa lorsqu'il tomba sur une liasse de relevés de prestations. L'OABB versait une indemnité journalière de 9,90 € par bovin hébergé au refuge et 5,55 € par ovin. Il feuilleta les feuillets : Les Verts Pâturages déclaraient un « troupeau de l'espoir » de quarante-cinq vaches et bœufs et cinquante-six moutons. Les frères Chevillard recevaient donc plus de 23 000 € par mois pour pourvoir au bien-être des bestiaux qui leur étaient confiés. À ce tarif-là, pensa Gabriel, j'espère qu'ils vont leur chanter une berceuse tous les soirs ! Pour des bêtes réchappées des abattoirs, ça fait cher le beefsteak ! Il empocha les relevés et poursuivit son exploration. Le tiroir suivant contenait des documents concernant le cheptel et des boucles d'oreilles en plastique orange, portant code-barres et numéro de l'animal, ainsi qu'une pince pour les poser. Un Poulpe n'est pas spécialiste des ruminants, c'est donc avec perplexité qu'il parcourut une liste d'ovins, une copie d'un registre bovin adressé à l'Établissement de l'Élevage, un registre sanitaire et un paquet de fiches roses et vertes : les passeports des bovins. Par acquit de conscience, il prit une paire de boucles d'oreilles et le passeport qui correspondait au matricule. Il fureta encore un moment sans rien trouver qui éveillât son intérêt, retourna donc dans le couloir et grimpa l'escalier. Les chambres se trouvaient à l'étage et là, la déco était nettement plus personnelle, bien qu'assez attendue. Cela aurait seulement pu tenir de la bauge pour l'aspect et l'odeur de linge sale, n'eût été le drapeau à croix gammée et les reproductions d'affiches de propagande nazie qui habillaient les murs. L'une d'elles, caricaturant un Juif aux doigts crochus était punaisée sur la porte et servait de cible de fléchettes. Sur le palier qui séparait les deux chambres se trouvait une lourde armoire normande cadenassée.

Gabriel se promit d'y revenir avec l'équipement ad hoc pour lui faire cracher ses secrets. En attendant, il redescendit dans la cour, pour une visite rapide des bâtiments agricoles.

Le hangar à engins ne révéla rien de bien folichon, deux tracteurs boueux, une remorque et un camion de transport de bestiaux, dont le bon entretien faisait tache dans le tableau. Des ballots de paille étaient empilés sur le côté, près d'un chariot élévateur. Lorsqu'il s'approcha de l'étable, l'odeur vint le heurter de plein fouet. Il fit coulisser la porte pour découvrir une petite dizaine de vaches étiques qui pataugeaient dans leur fumier et qui se mirent à meugler quand il s'avança. Les auges étaient vides. Même s'il n'est décidément pas un spécialiste des ruminants, le Poulpe sait reconnaître une vache qui a faim, et il peut même se laisser passagèrement attendrir. Il attrapa une brouette pleine de granulés qui traînait dans un coin et en déversa le contenu dans la mangeoire. « Bon appétit, les filles, au prix de votre pension, vous pouvez y aller ! » lança-t-il en sortant par une porte donnant sur l'arrière. Une rigole collectait le purin, Gabriel la suivit jusqu'à la fosse dans laquelle elle se déversait, rejointe par un autre ruisseau provenant du dernier hangar, un peu en retrait, d'où montaient quelques bêlements fatigués. Il pénétra dans le bâtiment : une douzaine de moutons y croupissaient, à peu près dans le même état que les vaches. Il fit rapidement le tour des lieux et repéra une armoire métallique derrière quelques ballots. Elle contenait des seringues et des flacons dont l'étiquette lui apprit qu'il s'agissait de phénylbutazone et d'antibiotiques. Il retourna près des engins agricoles et ne tarda pas à mettre la main sur une cognée qui ferait l'affaire. Il ne lui restait plus qu'à s'attaquer à l'armoire normande. Quelques coups bien appliqués sur le mode du joyeux bûcheron canadien firent éclater le bois. Après la pharmacie, l'armurerie... parfait, songea Gabriel en découvrant deux carabines à lunette, évidemment, une Remington 770, la légendaire, et une Marlin ; un fusil à pompe et un pistolet-mitrailleur MAT 49 qui avait dû connaître son heure de gloire dans le Tonkin ou dans les Aurès. Ça puait à plein nez la nostalgie des colonies et Gabriel était prêt à parier un fût de bière que les frères Chevillard regrettaient d'être nés trop tard pour aller maintenir l'ordre et se coltiner les corvées de bois de l'autre côté de la Méditerranée. À côté des boîtes de munitions, une enveloppe kraft reposait, rebondie, sur l'étagère la plus haute. Au nombre de liasses de billets de dix, vingt et cinquante qu'il compta rapidement, Gabriel estima son trésor de guerre à plus ou moins trente mille euros. Un sourire releva le coin de ses lèvres : pas mal comme bas de laine, les affaires allaient reprendre pour la restauration du Polikarpov. Il glissa l'enveloppe contre son ventre dans la ceinture de son jeans. L'hypertrophie de ses membres antérieurs aidant, il fit ensuite une brassée de tout l'attirail en délaissant les munitions et redescendit dans la cour. Entre les deux hangars, il retrouva la fosse à purin et d'un coup de tatane dégagea la tôle qui la recouvrait. « Plouf ! » firent les armes en disparaissant dans le jus noirâtre, Gabriel, lui, fit un bond en arrière pour éviter les éclaboussures. À en juger par le bruit, la profondeur était respectable. Il faudrait au moins un scaphandre et une bonne dose de courage aux deux frères pour venir repêcher leur arsenal, à supposer qu'ils pensent à venir le chercher là. Gabriel serait bien resté planqué dans un coin pour profiter de la tête de Paulo et Frankie quand ils découvriraient que leurs joujoux et leur magot avaient disparu, mais il devait aller faire quelques vérifications, mettre l'argent en sécurité et surtout, Angela attendait son rapport… Les moutons affamés continuaient leur concert désaccordé. Avant de partir, il ouvrit l'enclos et poussa le troupeau dans la cour.

CHAPITRE 11

La douche chantait quand Gabriel entra dans l'appartement. Il se débarrassa de sa parka et de ses pataugas, entrouvrit la porte de la salle de bains et y glissa la tête. « C'est moi… », lança-t-il un peu hésitant. La pièce était saturée de vapeur, mais à travers les vitres de la cabine embuée, il pouvait apercevoir la silhouette d'Angela. Une bouffée de chaleur dilata tous ses vaisseaux et il sentit la sueur perler à la racine de ses cheveux.

— Le Poulpe serait-il un peu voyeur ? demanda Angela en venant coller son corps à la paroi transparente.

Ses seins se pressèrent en deux cercles exemplaires sur le plan euclidien du verre et l'empreinte de ses lèvres se dessina dans la buée. Puis elle lui tourna le dos et fit lentement mousser le gel douche sur son corps. Gabriel avait décidément très chaud, trop chaud pour garder tous ses vêtements qu'il abandonna en tas avant de rejoindre Angela sous la douche.

C'est en peignoir qu'elle ouvrit au livreur de pizzas qui sonna une heure plus tard, et c'est devant une « normande » (pont-l'évêque, andouille et pommes) que Gabriel la mit au courant des informations données par Daniel et fit le bilan de son expédition aux Verts Pâturages.

— Les Chevillard n'ont pas évolué depuis la Fraternité Viking, des caricatures de fachos décérébrés, boursouflés de bêtise et de haine.

— Tu crois que Daniel accepterait de me parler ? demanda Angela. C'est insupportable que ces ordures s'en soient tirées comme ça après ce qu'ils lui ont fait. Je pourrais l'interviewer et je t'assure qu'on ne pourra plus étouffer son témoignage quand on l'aura publié…

— Non, pas question, coupa Gabriel péremptoire. Daniel, il faut le laisser tranquille. Je n'ose même pas imaginer ce que ça lui a coûté de me raconter tout ça. Le pire qui pourrait lui arriver maintenant, ce serait de tout déballer sur la place publique. On va trouver d'autres moyens pour l'aider à s'en sortir un peu mieux, et pour les autres salauds, je t'ai déjà dit que j'en faisais mon affaire.

— Qu'est-ce que ça veut dire « j'en fais mon affaire » ? s'énerva Angela. Tu vas jouer les justiciers ?

— Ça ne serait pas la première fois… Et ça veut dire que quand j'en aurai fini avec eux, ils ne seront plus en état de faire du mal à qui que ce soit. À ce moment-là, quand j'aurai pris le large, tu pourras révéler toute l'affaire et les flics pourront prendre le relais et s'occuper de ce qui restera d'eux. De toute façon, on a suffisamment pour les faire plonger sans que Daniel reçoive les éclaboussures. Ça t'intéresse de savoir quoi ?

— Et comment !

— D'abord, on pourra toujours repêcher leur arsenal au fond de la fosse à purin. Ça m'étonnerait que tout soit en règle. Mais il y a mieux, et là, tu dois en savoir plus que moi…

Gabriel s'interrompit de manière un peu théâtrale, histoire de ménager ses effets et sans doute aussi en représailles un peu mesquines pour la réplique sur le « justicier » qui avait eu du mal à passer.

— Vas-y ! s'impatienta Angela. Je t'écoute.

— Les Chevillards touchent des sommes colossales de l'OABB pour l'entretien des bestiaux maltraités qu'ils sont censés chouchouter… Tu veux un chiffre ?

— Ah ça, j'aimerais bien, oui !

— 23 000 euros par mois.

— Pfff… siffla Angela. Tu es sûr de ton coup ?

— Tu veux des preuves ?

— Tu en as ?

— Tiens, cadeau !

Gabriel venait d'attraper les relevés qu'il avait trouvés à la ferme et de les donner à la journaliste qui les parcourut avant de s'exclamer :

— Alors là ! c'est Noël en avance ! Même si c'est légal, il y a de quoi faire un peu de battage autour de la quantité d'argent en jeu. Je vais fouiner un peu du côté de l'OABB…

— Attends, où le bât blesse, c'est que ce sont des versements pour une cinquantaine de vaches et une soixantaine de moutons. Mais à la ferme, j'ai vu une trentaine de bestiaux à tout casser, et en piteux état en plus.

— La question est donc où sont passés les autres ?

— Oui, et aussi que devient tout ce fric ? Parce que les Chevillard, même s'ils en palpent une partie, au niveau signes extérieurs de richesse, on fait mieux. Ce n'est pas le genre à faire creuser une piscine dans la cour, la fosse à purin leur suffit. J'ai bien une petite idée, mais sans preuves. À toi de voir si tu peux creuser un peu. En tout cas, ce sera un bel os à ronger pour la brigade financière.

— Fais-moi rêver, Gabriel… tu penses à quoi ? blanchiment ?

— Ouais. D'après ce que j'ai pu voir de l'OABB, il est clair qu'elle entretient des liens dans la nébuleuse des groupuscules d'extrême droite, pas du genre à se financer par des ventes de charité…

— Si tu as raison, c'est une affaire énorme. Et le bétail fantôme ? Tu as trouvé des documents prouvant qu'il a existé un jour ou il est inventé de toutes pièces ?

— J'ai trouvé des passeports de bovins et des registres sanitaires qui semblent correspondre au nombre de bêtes pour lesquelles ils touchent des indemnités. Et je t'ai aussi apporté ça.

Gabriel plongea de nouveau dans la poche de sa parka et en extirpa les boucles d'oreilles et le passeport correspondant.

— C'est trop gentil ! s'exclama Angela. Tu m'offres des bijoux ! Très classe le code-barres, mais un peu volumineux quand même !

— Je savais que ça te plairait, rigola-t-il. Sérieusement, même si je n'y connais pas grand-chose, c'est plutôt bizarre de trouver ça dans un tiroir plutôt que sur les oreilles de la bête. Ce n'est pas que l'histoire des lasagnes au canasson m'ait rendu parano, mais juste un peu suspicieux sur l'efficacité de la traçabilité... Tu ne veux pas nous faire une petite recherche rapide là ?

Angela repoussa le carton de pizza pour faire de la place à son ordinateur, pendant que Gabriel allait chercher deux nouvelles bières dans le réfrigérateur. Des Givrées, une blanche à la robe foncée qui manquait encore à son carnet de dégustation. Ce n'était pas réellement une production locale, puisque brassée dans l'Eure, mais la vache hilare sur l'étiquette avait le mérite de l'à-propos, et puis de toute façon Haute et Basse Normandie allaient certainement bientôt fusionner. Efficace, Angela ne lui laissa pas le temps de méditer davantage sur le mille-feuilles territorial.

— Si tu rentres « traçabilité viande », tu trouves tout ce que tu veux… D'abord un site du ministère de l'Agriculture qui t'ouvre des tas de liens utiles, en particulier vers l'EdE.

— L'EdE ?

— L'Établissement de l'Élevage. C'est une structure départementale chargée de transmettre les données nécessaires à l'identification des animaux à la BDNI, je traduis : Base de Données Nationale d'Identification. C'est l'EdE qui délivre les fameuses boucles d'oreilles. Tiens, regarde.

Gabriel s'approcha de l'écran où s'affichait un document PDF intitulé « Guide de l'éleveur pour l'identification des bovins », édité par la chambre d'agriculture. Y étaient listées toutes les démarches obligatoires avec les délais dans lesquels les effectuer. À la naissance d'un veau, les deux boucles devaient être posées dans les vingt jours. En cas de perte de l'une d'elles, l'EdE fournissait une boucle de remplacement, mais si les deux étaient perdues, seul un agent identificateur de l'EdE pouvait procéder au rebouclage. L'éleveur disposait de sept jours pour signaler tous les mouvements d'animaux, que ce soient les naissances, les entrées ou les sorties.

Le passeport d'un animal mort, qu'il parte à l'abattoir ou chez l'équarrisseur, devait être renvoyé à l'EdE avec les boucles d'oreilles.

— Apparemment, ils ne sont pas vraiment dans les clous nos amis des bêtes, conclut Angela. Ça sent le trafic à plein nez. On a peut-être mis le doigt sur une nouvelle filière de viande illégale.

— Tu ne crois pas que ça dépasse un peu les compétences des deux primates, un trafic pareil ? Parce que si je me souviens bien, pour la viande de cheval, le circuit était plutôt compliqué et à l'échelle européenne.

— C'est vrai, on a fait un dossier là-dessus. Pour que tu puisses manger de bonnes lasagnes du Sud-Ouest à la viande de cheval, ça impliquait une société d'abattage roumaine et des sociétés de commercialisation à Chypre et aux Pays-Bas. Mais on peut faire beaucoup plus simple à plus petite échelle…

— Explique-toi…

— À Reims, par exemple, un maquignon bien connu récupérait des chevaux en âge de prendre leur retraite auprès des centres équestres. Il passait même des annonces dans la presse pour proposer ses prés à de vieux bourrins en fin de course. Trop contents de se débarrasser à bon compte d'un animal devenu inutilisable et qui risquait en plus d'engendrer des frais de vétérinaire, des particuliers et des gérants de club se laissaient avoir, plus ou moins consciemment d'ailleurs. Le maquignon falsifiait les papiers des vieilles rosses qui se retrouvaient à la boucherie avec leur viande saturée d'antibiotiques et d'anti-inflammatoires. On a même parlé d'un abattoir clandestin dans un de ses hangars.

— Ça effectivement, c'est à la portée des Chevillard, surtout si on les guide un peu…

— Tu penses au même « on » que moi ? demanda Angela avec un sourire.

— Voyons, un patron peu scrupuleux qui aurait des problèmes de trésorerie et besoin de matière première pas chère pour faire tourner son usine…

— … de tripes ! Oui, ça se tient ! On fait le lien avec le meurtre de Martineau qui a dû découvrir le trafic et faire chanter Delamarre ! Je vois déjà les gros titres.

— Attends ma belle, pas de panique, tu l'auras ton article, mais d'abord je veux finir d'y voir clair. On ne sait toujours pas pourquoi Leveau a été étripaillé. Pour ça, je crois que j'ai assez d'éléments pour avoir une discussion constructive avec Delamarre et voir ce que lui aussi a vraiment dans les tripes.

— Je t'accompagne.

— Je ne crois pas que ce soit une bonne idée… mes méthodes ne sont pas très orthodoxes. M'accompagner ne va t'attirer que des ennuis et te mettre dans une position intenable quand les flics vont s'en mêler.

Angela hésita, forcée de reconnaître le bien-fondé des arguments de Gabriel.

— Alors si tu le secoues un peu, enregistre au moins ce qu'il va te dire. Une confession, même un peu forcée, ça peut toujours servir.

— Je veux bien, mais avec quoi ?

— Ton téléphone, nigaud !

— Tu rigoles ? Tu ne l'as pas vu. C'est un vieux truc, je ne suis même pas sûr qu'il prenne des photos… pour ce que je m'en sers. Je suis plutôt de la vieille école, du genre nostalgique de l'opératrice à qui on demandait le 22 à Asnières.

— Montre-moi ça ! … Effectivement, soupira Angela lorsqu'il lui eut passé l'engin antédiluvien, c'est pitoyable… Méfie-toi Gabriel, à ne pas vivre avec son temps, on vieillit plus vite. Enfin, je vais voir ce que je peux faire.

Elle farfouilla au fond d'un tiroir de son bureau et finit par en exhumer un dictaphone dont elle vérifia le fonctionnement.

— Avec ça, tu devrais t'en sortir. C'est la pointe de la technologie des années quatre-vingt.

— Peut-être... si je passe la nuit à potasser la notice, ça devrait le faire.

— Si tu n'avais rien prévu de mieux, à toi de voir, fit Angela en dénouant la ceinture de son peignoir.

CHAPITRE 12

Il était un peu moins de huit heures. Gabriel et Angela finissaient leur café, quand le portable de la jeune femme sonna. « J'arrive tout de suite », dit-elle d'une voix blanche. Elle raccrocha et se tourna vers Gabriel :

— C'est Daniel…

L'Abbaye aux Dames, fondée vers 1060 par Mathilde, domine, à l'est, le centre-ville de Caen. Contre l'abbatiale de la Trinité aux deux tours carrées, s'appuient les bâtiments conventuels, remaniés au XVIIIe siècle et, aujourd'hui, siège du Conseil régional. Derrière, le parc d'Ornano, ses jardins à la française, ses allées de vieux tilleuls et son tumulus couronné par un immense cèdre du Liban. Le « Limaçon », un sentier bordé d'une haie de buis, s'enroule en spirale autour du tertre pour conduire lentement au pied de l'arbre majestueux. Là, un banc invite à la contemplation de l'abbaye, des toits et des clochers de la ville. Au loin, se dressent, pointues, les tours de l'Abbaye aux Hommes.

Grâce à sa carte de presse, Angela put franchir le premier cordon de sécurité, pendant que Gabriel rongeait son frein derrière les grilles du parc. Elle fut arrêtée quelques dizaines de mètres plus loin par les rubans fluo et les policiers qui interdisaient tout accès au tumulus, mais réussit cependant à soutirer quelques informations. Elle revint sombrement vers Gabriel, à travers la pelouse couverte de givre.

— C'est le gardien qui l'a trouvé, en faisant sa tournée avant d'ouvrir le parc. Là-haut, sur le banc.

Elle désigna le sommet du tertre, difficilement visible de là où ils étaient.

— Comment ? interrogea Gabriel.

Le ton était glacial et fit frissonner Angela.

— Il était assis. Le gardien a cru qu'il était assoupi ou qu'il était mort de froid pendant la nuit mais, quand il s'est approché, il s'est aperçu qu'il avait été égorgé. D'après ce que j'ai pu entendre, ça se serait passé hier soir.

Gabriel était livide. Il attrapa à deux mains les barreaux de la grille et envoya un violent coup de pied dans le mur.

— C'est là que partaient les Chevillard quand je suis arrivé à la ferme !

Angela restait impassible, mais les traits de son visage avaient pris une dureté inaccoutumée.

— Ne reste pas là, intervint-elle. Va chez Delamarre, maintenant, à l'heure qu'il est il sera encore chez lui. Je te laisse une longueur d'avance, mais après ce qui vient de se passer, je ne vais plus pouvoir me taire très longtemps. Si nous avions averti la police dès que les Chevillard t'ont tabassé, Daniel serait peut-être…

— C'est bon, coupa Gabriel rageusement, pas la peine d'insister… Ce que je ne comprends pas, c'est pourquoi ils s'en sont pris à lui maintenant.

— Tu auras sans doute la réponse chez Delamarre. Fais ce que tu as à faire, Gabriel. Moi je vais rester ici un moment pour essayer d'en savoir plus et après je rentrerai chez moi écrire tout ce que nous avons appris. Et ce soir, j'irai trouver la police.

— Ce soir, ce sera une affaire réglée.

Gabriel tourna les talons et regagna la voiture sous le regard triste d'Angela.

CHAPITRE 13

Gabriel était comme nimbé par la colère qui l'habitait lorsqu'il fit voler la porte de Delamarre. Ce dernier lâcha précipitamment la liasse de documents qu'il s'apprêtait à mettre dans la broyeuse et tenta un plongeon vers un tiroir de son bureau. Son élan fut brisé par un coup de pied capable d'expédier le meuble en orbite, mais qui, pour l'heure, se contenta de lui écraser les doigts quand le tiroir se referma violemment. Le Poulpe lança ses deux tentacules : le droit attrapa Delamarre au collet et le gauche vint lui aplatir le nez dans un jaillissement d'hémoglobine. Gabriel le jeta ensuite au milieu de la pièce, et pendant que l'autre beuglait en tentant d'endiguer l'hémorragie nasale, il rouvrit le tiroir et s'empara du pistolet qui s'y trouvait. Tout cela n'avait duré que quelques secondes. Delamarre n'avait pas encore compris ce qui lui arrivait, mais Gabriel était de nouveau sur lui, le relevant d'un revers de son arme dans la mâchoire.

— Pas mal le Glock, estima-t-il en expert. Je ne pensais pas trouver ça chez toi, je croyais que tu laissais Paulo et Frankie se mettre les mains dans le cambouis à ta place.

— Arrêtez, vous êtes fou ! cracha Delamarre dans un hoquet sanglant.

— Bien vu, mon gars... c'est vrai que je ne me maîtrise plus vraiment. Quand on égorge mes amis, la haine aurait comme qui dirait tendance à inhiber mon surmoi.

— Je ne comprends rien à ce que vous racontez...

Une baffe lui coupa la parole.

— Tu me déçois, coco, on va faire l'économie de ces répliques convenues. Maintenant tu réponds à mes questions sans faire le mariolle ou je me fais un plaisir de laisser libre cours à mes pulsions...

— Puisque je vous dis...

Une nouvelle mandale acheva de déchausser quelques dents.

— C'est mon dernier avertissement sans frais. La prochaine fois, c'est la balle dans le genou. Ne me tente pas trop...

Gabriel agita le Glock sous le nez de Delamarre histoire de donner plus de poids à ses arguments, mais le seul regard dépourvu de tout sentiment dont il accompagna sa menace suffit à dégonfler ce qui ressemblait maintenant à une vieille baudruche poreuse. L'image du beau gosse aux tempes grisonnantes en avait pris un sérieux coup et c'est en reniflant pitoyablement l'écume rose qui continuait à mousser au bord de ses narines qu'il pleurnicha :

— Je n'ai jamais voulu tout ça... c'est les deux brutes qui ont fait du zèle, des vrais malades ceux-là, surtout Frankie.

— Ouais, et toi tu te contentes de prendre ton pied en les regardant, c'est ça ?

— Pourquoi dites-vous ça ? Je n'étais pas avec eux quand...

Il s'interrompit brutalement.

— Quand quoi ? quand ils ont tué Martineau ou Leveau ? interrogea Gabriel avec un mouvement convaincant du pistolet.

— Les deux... mais Martineau, c'était vraiment un accident.

— Quoi ? La palette de tripes qui tombe du rack ? Là, tu me prends vraiment pour un idiot, et ça, ça a le don de me mettre hors de moi...

— Non, non... ce n'est pas ce que je voulais dire... J'avais juste demandé aux Chevillard de le bousculer un peu pour qu'il arrête de me faire chanter. Mais Paulo a déconné, il ne contrôle pas sa force. Il l'a poussé trop fort et Martineau est tombé sur le coin d'une caisse dans l'entrepôt. Alors au lieu de se débarrasser discrètement du corps ailleurs que dans l'usine, cet imbécile de Frankie a cru malin de l'ensevelir sous des bocaux !

— On ne peut plus se fier au petit personnel, mon bon monsieur... Mais on va reprendre les choses dans l'ordre, si tu veux bien. Tu me dis si je me trompe : les Chevillard te refourguaient leurs vieilles vaches et, si ça se trouve, aussi leurs vieux moutons pour tes tripes. Vrai ou faux ?

— Vrai, souffla Delamarre en se ratatinant un peu plus sur lui-même.

— Mais comment faisaient-ils passer les bêtes à l'abattoir sans justifier de leur provenance ?

— Il suffit de graisser les bonnes pattes. Les services vétérinaires sont débordés, ils manquent d'agents pour aller inspecter régulièrement tous les abattoirs. La plupart du temps, c'est un employé qui se charge des contrôles vétérinaires et de provenance, et c'est lui qui tamponne la carcasse. Chaque homme a son prix, réussit-il à ricaner.

— Ouais, et tu vas voir que le mien est exorbitant.

Le sourire de Gabriel glaça la moelle de Delamarre qui finit de se décomposer.

— Et l'OABB ? poursuivit-il, elle ne visite pas ses fermes ou elle était au courant de vos combines ?

— L'OABB, elle n'en a rien à faire des bestiaux. Ce qui l'intéresse, c'est de faire circuler l'argent. Elle récupère en sous-main la plus grande partie des sommes qu'elle verse. Mais pour ça, il faudrait demander aux Chevillard. C'est leurs affaires, pas les miennes.

— Bonne idée, on va aller leur demander. Mais avant, parle-moi de Leveau. Qu'est-ce qu'il vient faire là-dedans ?

— C'est parce qu'il était pharmacien. Il fournissait les médicaments pour retaper les animaux qui arrivaient aux Verts Pâturages, avant qu'on les envoie à la boucherie.

— La phénylbutazone et les antibiotiques que j'ai trouvés à la ferme... et qui finissaient ensuite directement dans tes bocaux, mon salaud ! Pas mal pour le Grand Maître de la Tripière d'Or.

— Après la mort de Martineau, il a paniqué. Il voulait tout laisser tomber et parlait même de tout balancer contre son immunité. J'ai essayé de le raisonner, mais il n'y a rien eu à faire…

— Alors tu as envoyé les Chevillard au charbon.

— Ils devaient seulement l'intimider, mais là, c'est Frankie qui a dérapé. C'est un maniaque du couteau.

— À d'autres ! Tu savais très bien ce qui allait se passer. Tu venais de les voir à l'œuvre avec Martineau. Garde tes salades pour le tribunal, moi je suis même convaincu que c'est toi qui as donné l'ordre de tuer. Mais passons, vous le teniez par quoi le Grand Maître pour qu'il accepte de se compromettre dans votre combine ?

Olivier Delamarre hésita, mais reprit rapidement la parole en voyant s'approcher dangereusement une main démesurée de son visage en bouillie.

— Des histoires de jeunesse… des broutilles, mais qui pouvaient être gênantes pour un notable comme lui…

— Des broutilles comme l'appartenance à une société secrète d'extrême droite, la Fraternité Viking, par exemple.

— Alors, c'est bien ce que je pensais, vous êtes au courant. Daniel vous a raconté…

— Comment ça, c'est bien ce que tu pensais ? ordure !

La torgnole s'abattit sans que l'autre l'ait vue venir. Au nom de Daniel, Le Poulpe avait vu rouge de nouveau. Sous le coup, Delamarre s'effondra au propre comme au figuré et se mit à sangloter.

— Je vous ai vus, tous les deux hier soir, quand vous sortiez du bistrot… et j'ai eu peur qu'il parle…

C'en était trop pour Gabriel. Il se pencha pour redresser la loque qui gisait à ses pieds et, de tout son cœur, lui envoya un uppercut qui le mit K. O. Il attrapa un rouleau d'adhésif sur le bureau et saucissonna les poignets de Delamarre derrière son dos. Avant de le charger sur une épaule, façon quartier de bœuf, il fouilla les poches de son pantalon pour y trouver les clés de l'Audi A6 garée devant la maison. La Mini d'Angela, qu'il avait laissée quelques rues plus loin, avait suffisamment souffert, et puis son coffre était trop petit…

CHAPITRE 14

Ah! voilà une voiture à taille humaine, soupira Gabriel pour qui l'étalon de l'humanité se mesurait à l'aune de son mètre quatre-vingt-dix.

Il savoura le plaisir de déplier confortablement ses longs membres en pensant à Delamarre, plié en deux dans le coffre. Avant de démarrer, il prit le temps d'envoyer un SMS à Angela, lui indiquant l'endroit où elle pourrait récupérer sa Mini et l'avertissant que le dernier acte allait se jouer aux Verts Pâturages.

Gabriel roulait lentement sur les petites routes de la campagne normande. Il avait gelé la nuit précédente. Le givre n'avait pas fini de fondre et blanchissait le bord des talus encore à l'ombre. Comme un malade frileux, le soleil de décembre semblait hésiter à repousser sa couverture nuageuse et à se lever. L'image de Daniel, allongé sur le métal glacé d'une table à la morgue de Caen s'imprimait dans les pensées de Gabriel qui s'efforça de l'en chasser pour se concentrer sur ce qui promettait d'être la baston finale. Il devait bien se l'avouer : il n'avait pas de plan. Certes, il avait bien prévu d'aller interroger Delamarre, mais pas forcément de le ramener aussi amoché, façon rosette de Lyon, chez les frères Chevillard. Avec le meurtre de Daniel, les choses avaient pris une autre tournure et Gabriel avait besoin de laver son sentiment de culpabilité dans un bain d'adrénaline. Il n'avait plus rien d'important à apprendre de Paulo et de Frankie, puisque Delamarre s'était montré particulièrement coopératif pour répondre à ses questions. Pas la peine de les ménager donc, ni de perdre du temps en parlotte inutile, d'autant qu'il ignorait quand exactement Angela allait envoyer la cavalerie. Il voulait juste tenir sa promesse et se payer le luxe de leur tanner le cuir en souvenir de Daniel, et puis aussi s'assurer que les deux psychopathes, se sentant aux abois, ne disparaissent pas dans la nature. Si pour cela il était obligé de leur péter les rotules, il le ferait avec plaisir. Et que le bras armé de la justice achève ce que celui du Poulpe avait commencé...

Comme il approchait, il se remémora les lieux, visualisa la disposition des différents bâtiments. Il était encore tôt et vu le peu de soins qu'ils apportaient au bétail, les deux frères devaient vraisemblablement se trouver dans la partie d'habitation, métamorphosés en chiens enragés devant leur armoire pillée et leur télé explosée, en train d'affûter leurs crocs pour la revanche. Il était plus prudent d'en avoir le cœur net. Deux cents mètres avant l'entrée de la ferme, Gabriel se gara sur le bas-côté, descendit de la voiture et alla ouvrir le coffre. Delamarre, presque à l'état liquide, se mit à gémir :

— Laissez-moi partir. Vous n'avez pas le droit de faire ce que vous faites... Je veux aller tout raconter à la police.

— Patience, ça va venir. Mais on va d'abord s'assurer que tes petits copains seront bien là aussi pour le grand déballage. Je vais te détacher les mains, tu vas prendre ton portable et tu vas gentiment les appeler pour leur dire qu'on arrive et qu'ils peuvent préparer le café.

— Vous êtes complètement cinglé ! Ils vont vous buter dès que vous aurez mis le nez dans la cour.

— Ça, je ne crois pas. D'ailleurs, le mieux, c'est que tu me passes Frankie.

— Et qu'est-ce que je lui dis ?

— Ce que tu veux, mon gars, t'es un homme libre. De tes paroles en tout cas !

Tout en parlant, Gabriel avait sorti son cran d'arrêt et coupé l'adhésif qui liait les poignets de Delamarre. À moitié assis dans le coffre, il appela un numéro préenregistré.

— Frankie ? C'est moi… Oui, je suis au courant… oui, on est dans la merde… justement… je te le passe…

Gabriel attrapa le téléphone avec un grand sourire :

— Frankie ?

— Oui, c'est moi, espèce de sale pédé !

— Attends une seconde, je recouche ton copain, il est plutôt fatigué, et je suis à toi.

Delamarre se recroquevilla à toute vitesse pour éviter de se faire écraser par l'abattant du coffre qui se referma violemment au-dessus de sa tête.

— Tu disais, le bouseux ? reprit Gabriel en tendant l'oreille pour tenter d'identifier les bruits derrière Frankie.

— Je disais que cette fois-ci, tu ne vas pas t'en sortir. On va te faire la peau, et ça va durer longtemps, espèce d'enculé !

— Tout de suite les grands mots… T'aurais pas un problème avec le sexe anal Frankie ?

— Viens me le dire en face, espèce de tarlouze ! Ça sera la dernière chose que tu diras ! T'es où d'abord ? rugit Frankie, au bord de la perte de contrôle.

— Dans ton cul, connard !

Pas mécontent de sa dernière réplique, Gabriel mit fin à la communication et remonta en hâte au volant. Il lui avait semblé entendre des bruits de bouteilles en arrière-plan, il paria pour la cuisine. Son pied écrasa l'accélérateur, le moteur rugit quand il poussa les rapports au maximum et que l'Audi s'arracha pour bondir en direction de la ferme. Son sang pulsait au rythme de *Misirlou*, le morceau mythique du générique de *Pulp Fiction* qui résonnait dans sa tête, et il pensait un peu bêtement à la manière dont Tarantino aurait filmé son entrée en trombe dans la cour. Le coup de patin qu'il donna souleva une gerbe de gravillons et, dans un tête-à-queue, l'Audi vint s'immobiliser contre la porte coulissante de l'étable, face à la maison. Il s'éjecta et vint se mettre à couvert dans le bâtiment. Juste à temps : à la fenêtre qu'il avait brisée la veille apparut le canon d'un fusil à pompe dont le coup fit éclater le pare-brise de la voiture, tandis que Frankie sortait sur le seuil en arrosant largement l'espace devant lui d'une rafale de pistolet-mitrailleur. Des balles firent éclater le bois de la grange au-dessus de la tête de Gabriel qui riposta au jugé avec le Glock de Delamarre. Il ne fallait quand même pas que les deux péquenauds croient qu'il était parti sans biscuits.

— T'es encore là ? hurla Frankie depuis la cuisine. Tu pensais quand même pas que tu t'étais débarrassé de tout notre matos ?

Il rigola.

— Faut jamais mettre tous les œufs dans le même panier. Tu vas voir, on a encore quelques surprises pour toi.

Gabriel n'était pas très pressé de savoir de quoi il s'agissait. La situation se révélait plus délicate que prévue, les Chevillard restaient lourdement armés et les neutraliser ne se ferait pas sans casse. En risquant un œil dans la cour, il fanfaronna cependant, Poulpe un jour, Poulpe toujours...

— Ce n'est pas sympa pour la voiture de votre copain... de la belle mécanique comme ça, la transformer en passoire, c'est vraiment du gâchis ! Sans compter que j'en connais un qui ne doit pas en mener large dans le coffre !

Pour lui donner raison, la voix paniquée de Delamarre s'éleva de la malle :

— Déconnez pas les gars ! Butez-moi ce taré et venez me libérer !

Cette fois, les deux frères réapparurent à la porte. Avant que Gabriel puisse ajuster son tir, Frankie couvrit Paulo qui adopta la position du joueur de pétanque, lança quelque chose et se remit à couvert. « Quand même pas... » pensa le Poulpe en voyant un objet cylindrique rouler et s'immobiliser avec précision sous l'Audi. La déflagration de la grenade confirma pourtant ce qu'il craignait. La voiture se souleva en explosant et sa carcasse disloquée retomba lourdement en continuant de brûler. Ça sentait l'essence, le caoutchouc et une odeur âcre sur laquelle Gabriel préféra ne pas trop s'attarder. « Ça, c'est fait », dit-il pour toute oraison funèbre. Derrière lui, les vaches affolées meuglaient à qui mieux mieux en se bousculant dans leur enclos. Il traversa le hangar pour gagner la porte de côté. En tendant la tête, il aperçut Frankie qui courait le long du fenil. Il vida le chargeur du Glock dans sa direction, histoire de ralentir un peu sa progression, et pendant que l'autre plongeait derrière un ballot de paille, il en profita pour franchir les quelques mètres qui le séparaient du bâtiment aux moutons. De là, il pouvait voir venir. Il jeta le Glock inutilisable dans la cour et empoigna le Beretta de Pedro. En voyant l'arme voler, Frankie exulta. La joie sadique qui s'empara de lui à l'idée de se payer un céphalopode désarmé occulta tout ce qui pouvait lui rester de bon sens. Il s'avança à découvert en balançant son pistolet-mitrailleur à bout de bras comme un sac à main :

— Alors la pédale, on est à sec ?

Gabriel joua son va-tout. Il sortit à demi de la bergerie.

— Sois raisonnable, le nabot ! Rends-toi et je te promets de ne pas trop te dérouiller.

Frankie éclata de rire et leva son arme en lançant :

— Tiens, prends toujours ça pour commencer !

Mais Gabriel était plus rapide. Le premier coup qui partit du Beretta pulvérisa l'épaule au bout de laquelle le bras désarticulé lâcha le pistolet.

— C'était quoi déjà ton histoire d'œufs et de panier ? demanda-t-il en envoyant un deuxième pruneau dans l'autre bras, par pur souci de symétrie.

Frankie poussa un hurlement et tituba en marche arrière sous la violence du feu. Il trébucha sur une plaque de tôle et le sol se déroba sous ses pieds. Dans un jaillissement d'éclaboussures putrides, il tomba rejoindre l'arsenal dans la fosse à purin que Gabriel n'avait pas refermée. Pas facile de rester à la surface avec les deux épaules en bouillie, la tête remonta une fois et son cri s'étrangla dans le jus noirâtre.

Gabriel ne put retenir une grimace de dégoût et sentit son estomac remuer dangereusement. Paulo déboulant à ce moment de derrière le hangar mit opportunément fin à cet accès de sensiblerie. Son regard hébété alla du Poulpe à la chose immonde qui réapparaissait péniblement une nouvelle fois au milieu des remous délétères. Paniqué, le monstre abandonna son fusil à pompe et se précipita vers la fosse. Gabriel eut le tort d'hésiter avant d'envoyer la brute rejoindre son frère. Il dégagea le fusil d'un coup de tatane et s'approcha. Paulo comprit peut-être que, pour Frankie, la messe était dite, ou peut-être ne comprit-il rien du tout, mais l'instinct du chasseur l'emporta sur le sentiment fraternel. Avec une rapidité qui prit

Gabriel de court, Paulo se détourna de Frankie et se rua sur sa proie. D'un revers de main, il fit voler le Beretta et du même coup Gabriel qui se retrouva à dix pas. Dans un combat à mains nues, il n'avait aucune chance contre les cent vingt kilos de muscle et de graisse qui repassaient à l'attaque. Il battit donc en retraite dans l'enclos des bovins, avec à ses basques un Paulo aveuglé de haine. La fumée irritante de l'Audi qui finissait de se consumer avait envahi l'étable et les animaux paniqués par l'odeur du feu se précipitèrent sur les barrières quand Gabriel entra. Plusieurs saignaient, encornés par leurs congénères dans la folie furieuse qui s'était emparée d'eux. Gabriel releva le loquet qui fermait les grilles et d'une esquive digne des arènes madrilènes, bondit sur le côté. La pression exercée par le troupeau affolé finit d'arracher la barrière. Les bêtes de l'arrière plantant leurs cornes dans le postérieur de celles de devant, c'est l'apocalypse qui déferla hors du hangar. Paulo fut embroché par la première vache, piétiné par les suivantes. Lorsque la vague beuglante fut passée, son corps gisait dans une posture grotesque, défiant les lois élémentaires de l'anatomie. Gabriel retourna dans la cour, ramassa le Beretta et partit sans un regard en arrière.

CHAPITRE 15

Le 149 de l'avenue Ledru-Rollin était en effervescence le lendemain, quand Gabriel se pointa à l'heure de l'apéro.

La veille, il avait appelé Angela en quittant les Verts Pâturages et elle l'avait récupéré sur la route. En approchant de Caen, ils avaient croisé un convoi de pompiers et de camionnettes de gendarmerie toutes sirènes hurlantes, et Gabriel se demanda ce qu'ils allaient bien pouvoir comprendre à ce qui les attendait là-bas. De retour à l'appartement d'Angela, il lui avait fait le récit fatigué de la matinée. Ils avaient listé les éléments et les preuves dont elle disposait et qu'elle pouvait livrer à la police sans qu'un des tentacules du Poulpe vienne se faire prendre dans les rouages de la justice. Quant à l'enregistrement de la confession de Delamarre, il faudrait s'en passer : le dictaphone était resté dans l'Audi. De toute façon, elle en avait suffisamment pour écrire une série d'articles et pour mettre la police sur les rails. Aux enquêteurs ensuite de finir le travail, déjà bien mâché. Ils s'étaient ensuite dit au revoir, avec tendresse mais sans regrets et Gabriel était parti. Dans une consigne de la gare, l'enveloppe contenant le magot des Chevillard l'attendait. Il en préleva une partie qu'il posta à l'adresse d'Angela pour les réparations de la Mini et une autre qu'il adressa à un notaire le chargeant des obsèques de Daniel. Pour une fois, le Polikarpov passerait après. Il avait ensuite sauté dans un train pour Paris et dormi comme une masse dans la chambre d'hôtel qu'il avait prise près de la gare Saint-Lazare. Ce matin, il s'était rendu rue Popincourt pour découvrir sur la vitrine du salon de coiffure de Cheryl un écriteau manuscrit à l'encre rose à paillettes : « congés exceptionnels jusqu'à nouvel ordre. »

Il avait marché un moment sans but dans les rues de Paris, échafaudant les hypothèses les plus tordues sur l'absence de Cheryl et son portable toujours éteint. Il s'était finalement décidé à affronter le feu des questions de Gérard et entra donc au Pied de Porc à la Sainte-Scolasse. Le patron, remonté comme un coucou, ne laissa pas le temps à sa femme d'étouffer Gabriel entre ses seins opulents, il l'arracha du giron de Maria et l'entraîna à une table à l'écart.

— Putain Gabriel ! jamais tu ne lis tes SMS ? On se faisait un sang d'encre ici !

— Pour un Poulpe, c'est plutôt cocasse. Tu ne me paierais pas une bière, par hasard ?

Maria avait anticipé la demande et posa devant lui une mousse de Noël.

— Raconte, nom de Dieu, depuis hier je regarde BFM qui passe en boucle des images de vaches affolées et qui ne donne que des informations fumeuses !

— Tu n'as qu'à lire *Ouest-France* au lieu de t'abrutir sur les chaînes discount de la désinformation.

Il jeta sur la table le quotidien qu'il venait d'acheter, la une annonçait : « Meurtres et trafic de viande, Caen sous le choc ».

— Tu peux faire confiance à l'article, la journaliste est une fille bien et je te promets que ses sources sont fiables, reprit Gabriel en vidant la moitié de son verre.

— Je vais lire ça. Mais c'est ta version qui m'intéresse, avec tous les détails qui ne sont pas là-dedans, fit Gérard en attrapant le journal.

— Ma version, c'est que quatre salauds et un imbécile sont morts, et un chic type aussi. À toi de faire le bilan.

Gérard, qui à l'occasion pouvait faire preuve de psychologie, comprit que l'heure n'était pas encore venue de la narration par le menu. Il se plongea donc dans la lecture de l'article d'Angela et laissa Gabriel finir sa bière.